U0706361

清末民初文獻叢刊

# 澗于日記

（第二册）

［清］張佩綸　撰

朝華出版社
BLOSSOM PRESS

易牖日記

蓍齋主人著易禮說成因以丁亥元正題其日記曰易牖夫易无思无為寂然不動感而遂通天下之故自非至神莫与於此漢儒通其數非易所謂數也宋儒通其理非易所謂理也推而行之存乎通不通則烏能行哉此易之義所以晦滯大而典禮小而占筮今之人皆不能通也久矣余深思以求易之窮則變變則通之理与數故以易牖名其日記也於易坎之四云納約自牖終无咎虞翻云艮為牖坤為戶艮小光照戶牖之象貳用缶納約自牖得位承五故无咎王弼以為至約自進於牖可羞王公薦宗廟崔憬以為牖里內

約免難皆失之夫剛柔之際而納之以約又何咎哉所謂困而不失其
所也四目廾米則王用亨于岐山之吉无咎即此納約自牖之无咎通孔也說文
也不言易牖而言易隱者何（牖通）隱旁窗也所以助明者也窗正牖也埤蒼
頡解詁　助戶為明者也故工孔四旁而夾窗注　主人之言易不求其旁通而求其
正通故曰易隱也
光緒十三年歲在丁亥正月己丑朔晴
晨起率兩兒向北行三跪九叩禮遙祀　祖先
聞江督孫撫東撫暨游倉場延光祿疏莞尒而笑曰異哉諸公之
言河也夫河北徙為害南流亦為害東不能容而委之南鄰夫東撫

故分河水十之三以入故而舉十之七以分流河能俯首帖耳聽其分三則三留七則七牙穩疏瀝劃全淄而南是也然全淄在東奈何以与江督疏皆分畫畫界之見不知通籌國故不知深測河形者也延君徒以恐入畿輔恫喝恐河欲北徙亦無如之何而欲祖劉大夏之法攷之不詳宜其言之不晰也游侍郎在都時言河須疏通海口鑿之有擬及奉命察河牽于鄉人之說又改為分流兹又改為南挽何無定見乃亦夫分流者治河之一端非治河之究極也然欲治流非通海口不可海口通則南流可北徙亦無不可然則東撫與其挽之南而仍須求出海之口何如併挽南之土而就東以求出海之口乎則日南

之海口淤淺而東之海口淤深也曰是不然大果南能容河則河自南不東河已東則逆挽之於南之海不若順疏之於東之海口之易也禹貢曰又北播為九河同為逆河入于海夫所謂播為九河者因泛濫而言之非開黃河為九也治河者但當于同為逆河入于海七字着想則疏海口以迎河足矣字書釋河均非是惟釋名云河下也隨地下處而通流也得之矣下則莫下於海矣說文河注海从水可聲可从丂口丂反丂也讀若呵夫呵氣出口水之出口似之若出口之氣能分之為二三則出口之水亦可分為二三矣讀書以識字始吾謂辨事亦自識字始但解河之所以名河而治河之道在是矣

廿歲詢余之言近於王氏字說耳

初二日晴

至給孤寺送紀堂靈柩里遣褚福及其僕陳升護行

初三日晴

答兩都統賀函

午後得合肥祠竈日復書 伯潛十月二十日書

初四日晴

午後子峨來談

初五日晴 午後微雪

去冬所刊叢渠甚嚴疾小箋復加校正都為一卷將以就正於琴生再

同夜三鼓始就枕

初六日晨起猶雪已初霽

琴守遣車來召兒輩雪中遣行車發而霽

管子榷二十四卷內府藏本明朱長春撰長春字大復烏程人萬歷癸未進士官刑部主事是書即趙用賢本而增釋之故凡例文評俱仍其舊惟每篇各加敘釋在篇首者曰評多論作文之法在篇中者曰通則隨文訓解其義在篇末者曰演乃統論一篇大旨皆出長春一手創立異名無所關發其七法篇評云是注意之作可為文式後之

分段者神弛氣懈周末秦先之病如此千年來文家反學其病文之壞由
韓蘇以來云云亦可稱敢於大言矣
詮敘管子成書十五卷內府藏本明梅士享編士享字伯獻管子原目二十卷
已不可復明代舊本皆二十四卷士享以本合為十五卷而以己意詮敘之
如牧民形勢立政九敗版法諸解皆移附本篇之後已亂其次第又
謂其文繁冗不倫乃於一篇之中分上下二格其定為管子本文者列之上
格疑為後人攙雜者及義有未安者列之下格其自為發明者別稱梅
生曰以別之如牧民篇國之四維一段則云朱晦翁解辭不仁故不智不知
故不知禮義所在斯為一貫之指若以節維絕則傾可正也等語於理有

乖悖非管子之言故列下層又權修篇天下者國之本一段則顯与大學孟子之旨相悖故列下層讀諸子之書而必以注義繩之何異閱晉處衍草之迹而訓以說文之偏旁耶

四書全書存目子部二則二書之旁言之詳矣並悔書時有校證

差勝于朱

初七日晴

子峨之子壽羽以一等第一補廩寄文字來醉中草草為之改正待文王而興五章時文一首輪船布陣議一篇籌海國編書後一篇子峨以其子受業於余也少年文字清晰議論亦明可造之材耳後子

峨來謝

初八日晴

龍松岑來

穀梁子之名桓譚新論以為赤王充論衡以為寘阮孝緒七錄以為名俶字元始漢藝文志顏注以為名喜

後漢書儒林傳何休字邵公以列卿子詔拜郎中太傅陳蕃辟之與參政事蕃敗休坐廢錮乃作公羊解詁覃思不闚門十有七年黨禁解又辟司徒羣公表休宜侍帷幄倖臣不悅乃拜議郎再遷諫議大夫年五十四光和五年卒而何休公羊解詁序題曰漢司空掾蕃為太尉未嘗

為司空則司空掾董葉解後所碑之官司徒乃司空掾之誤殷本
校勘記未及釐正
武昌記樊口北有敗船灣孫權嘗裝一大船容三千人此與漢宮室疏言
漢書武作豫章大船可載萬人同一奇談
初九日晴
琴生遣車相迓道中童山戴雪禿樹迎暄雖寒谷荒郊而自有明媚
之色信萬物皆春也未正至郡齋渡下榻於北海軒兩兒與書部
嬉戲耦俱無猜若一家夜與琴生縱談甚樂
初十日晴

迎春東郊遣兒輩往觀

說文童男有辠曰奴奴曰童从辛重省聲余按知童字之義則蒙之初六發蒙利用刑人刑人即蒙辭之童也諸家所解均惝恍論語夫人自稱曰小童夫人即謙何故自比於有罪之男小童當作小妾以左氏傳證之余說當是

十一日晴有風

夜琴生與兩家兒子同宴槐堂客中一樂也酒微醺矣三鼓始即枕

十二日晴

寄合肥書

十三日晴

遣兩兒歸與琴生談意忽不豫午後肌粟微生頭風作痛蒙被僵卧者久之

寄袁子久書

十四日晴

體仍不適讀易自遣

十五日晴夜月甚佳病已霍然

與琴生夜話雖在客中尚無羈緒

十六日晴

巳刻自郡回，塞並邀頌氏世講同來

十七日晴

午後子峨來談，已而張令及代理張聽趙桂森鍾至（趙字月橋）趙乃鄙俗吏，略話即送去。張令坐甚久

夜与頌氏談山居之樂，為之忘疲，睡已三鼓

十八日晴

午後令兩兒隨頌氏出大境門外一游，余亦步至子峨處少坐而歸

十九日晴

頌民來廨

午後答容作答高陽證卿及安圃書

二十日晴

褚福來得安圃及子涵書李芍農前輩以探路記見寄余

原有鈔本

午後過于峨略話

琴生書來知洪琴西都轉殁于粵東正初來襯為之驚悒不置余

於琴西未能一面彼此聞聲相思東坡所謂千里論交一言足與君蓋

亦不須倜有其為人以理財名而學優行篤歷為曾文正李肅毅沈文肅所知以三解樓桑論成敘録後纂屋鳩兹有與世相忘意孝達疏薦贈为滿洗航海而東遭港旅次悲夫予次叢亡

丁内艱

二十一日晴

作復安圃子涵書昨致琴生書意不盡又函詢琴西殁日

終日昏卧夜閲舊唐書三五頁下無所得

二十二日晴

兩兒入學

說苑三建本篇公扈子曰有國者不可以不學春秋生而尊者驕生而富者傲生而富貴又無鑑而自得者鮮矣春秋國之鑑也春秋之中弒君三十六亡國五十二諸侯奔走不得保其社稷者甚衆未有不先見而後從之者也　按公扈子疑即繁露俞序篇之公肩子

新著張家口同知劉盛璞米未見乃省三之姪也

二十三日晴甚煖

得伯平書寄大同布五端復書謝之

汪仲伊有武侯兵法輯略一卷攷八陳圖極詳偶閱水經注沔水注沔水又南逕沔陽縣故城南〻對定軍山諸葛亮之死也遺令葬于其山

山東名髙平是亮宿营處有亮屯營東即八陣圖也遺基略在峴魄難識營東諸刻作營戴校作塋畢作營是也王云莫知墓塋所在則安能辨塋之東西耳以亮宿營處故知為營東也仲伊但引江水注而未引此條他日當屬其增入引此條亦經注節

記張澍所集諸葛武侯故事所紀已詳仲伊殆未得此本耳

二十四日晴

杭子朋劉子進何子裁均來

得祥仁趾同年書並寄馬里雅蘇臺地圖一本

二十五日晴

琴生遣姬州來惠王瓜廣柑

夜作復祥仁姪書託景介臣寄滬城

二十六日晴

得安圃書知李汜堂桃田趙

二十七日晴有風

連日閱李景德左氏傳賈服注輯述以余蕭客古注解鉤沉及馬氏玉函山房輯本校之李氏遺漏太多更以十三經注疏及文選注各書校之余馬二

尚有舛誤

二十八日晴

張子純來擾云有浙人買其藏一山谷墨蹟不知真贗姑紀之以當房

閒之餘聊快意耳

二十九日晴

出門答托子明張子沅均不值晤劉子進晚龍松琴來

三十日晴

子峨來談

皇侃論語義疏來自日本四庫著錄今取皇氏禮疏與論語疏可證者偶錄之 原壤者方外之聖人也不拘禮教與孔子為朋友 禮檀弓疏引

皇氏云原壤是上聖之人或云是方外之士離文弃本不拘禮節妄為流宕非但敗於名教亦是誤于學者義不可用其云原壤中之眉下愚義實得

矣 據此則皇疏上聖方外為二說不應云方外之聖人安為流宕以下引孔氏識皇之語其云中庸不器下皇氏云云二說也何論語疏與禮疏不同

鄉人儺皇疏歷引鄭氏月令注而云鄉人儺是三月也 禮疏皇氏云以季春國儺下及于民以此季冬大儺為不及民也並皇氏解禮違鄭解義也今鄭注論語義鄉人難云十二月命方相氏索室中歐疫是鄭既分明云十二月鄉人儺而皇氏解季冬難云不及鄉人不知何意 按皇疏論語不取鄭論語注而引禮注以疏禮疏駁皇氏亦不一致論語義疏何也

二月初一日陰有風

家人立而啼 荀子注引作諦 雜記下鄭注小兒亡母啼號釋文啼徒

奚反本又作諦同

奪伯氏駢邑三百皇疏伯氏名偃大夫駢邑者伯氏所食采邑也時伯氏有罪管仲相齊削奪伯氏之地三百家也　禮孔子閒居疏案鄭注論語云伯氏駢邑三百家云齊下大夫之制似公侯伯下大夫唯三百家者但春秋之時齊之强盛尤多故伯氏唯食三百家之邑不與禮同也此皆皇氏之說　案皇氏疏禮引鄭論語注而於疏論語不引之亦為小異

禮中庸疏案異義云張華辨鮓師曠別薪荀勗為青州刺史善能知味食雞知棲半露食鵠知其黑白此皆晉書文也今本晉書皆有之但沖遠所云晉書似舊晉書存攷

初二日晴夜雪

初三日雪頗寒

初四日晴

于峨米言法人以爭畍兵脅鐵香鐵香聲色不變法人乃謝而送

殊鴻臚勁節愈著而法之無信無禮如斯殊可痛恨也

初五日晴

得琴生書召余過郡

初六日晴

過于峨略談而返

于艸堂石影

作答洪翰香書託琴生寄蕪湖

初七日晴

過鄢

初八日晴夜大雪

鄢齋縱談竟日夕王鎮携酒就槐堂小酌

初九日晴

琴生赴津余亦賦塞上

初十日晴大雪

十一日雪霽

過子峨

得安圃書知三兄生一子

十二日晴

復安圃書寄朱捷一流為亡婦作周年

漢志道家鄭長者一篇注六國時先韓子韓子稱之師古曰別錄云鄭人不知姓名隋唐志皆不著錄案韓子外儲說右上傳田子方問唐易鞠曰弋者何慎對曰鳥以數百目視子子以二目御之子謹周子廩田子方曰善子加之弋我加之國鄭長者聞之曰田子方知欲為廩而未得所以為廩夫虛無無見者廩也一曰齊宣王問弋於唐易子曰弋者奚貴唐易子曰在於謹

廩對曰馬以數十目視人人以一目視馬奈何不謹廩也故曰在於謹廩也

王曰然則為天下何以異此廩令人主以二目視一國一國以萬目視人主

將何以自為廩乎對曰鄭長者有言曰夫虛靜無為而無見也

其可以為此廩乎夫難二引鄭長者有言體道無為無見也

近馬竹吾輯佚僅引外儲第一說疏矣

十三日晴

十四日雨微雪　寶靜村來談

十五日雨旋霽

十六日晴

得再同書寄朱武曹經傳攷證

過子峨

十七日晴

十八日晴

子峨來談

十九日晴

復再同書　得朱亮生觀察書劉省三巡撫書

出弔承峻峯母喪

二十日晴

得金渠山正月廿六書即復之

二十一日晴

晨起甚悶讀荀子數頁殊無所得午後作字三幅

廿二日晴有風

廿三日晴

得安圃書又得孝達寄三百金

廿四日晴

以百金寄安圃為京中屋租各用得廖穀士書

廿五日晴

得洪翰香書告哀

廿六日晴

得葉子晋書并申報

廿七日晴

過子峨晚松琴來贈浯溪山谷題名一帋 乃殘本

廿八日晴

朱存至市買得壽山石根圖書艾葉昌化圖書各一方在山城亦頗罕見

廿九日晴

午後張令來談

三十日晴

閱邸鈔唐鄂生賞巡撫銜督辦雲南鑛務

三月初一日晴

汪容甫漢上琴臺銘後附伯牙事攷以中旗（史記）馮琴而對韓子難勢篇作鍾（秦策作中期）期遂以鍾期即秦中旗其說甚新顧惟容甫既以高誘呂氏春秋淮南子為案據捨秦策秦王與中期爭論不勝高誘注中期秦辯士也是高誘不以中期與鍾期為一人容甫屢而不數何也

得琴生書並送代購之崇文局百子來邀余赴邸憚於僕僕之作書辭之

過子峨略談時暮色滿城矣

初二日晴

初三日晴

初四日晴大風

過北海軒

初五日大風

初六日晴

回寨上得安圖書

初七日雪

過子峨

初八日晴

致琴生書　復安圃書並致高陽書

初九日晴

過子峨

初十日晴

子峨來得琴生書

十一日晴

過子峨略談

復伯潛書

十二日晴

十三日晴　復香濤書

十四日晴

得再同書並湖海樓叢書夜作書復之

十五日晴

閱學林

十六日晴

子峨來談

得安圃書

檀弓寢苫枕干鄭注干盾也疑干乃甴之壞

十七日晴

答芝靜郎

復樂山書

汪容甫墨子敘文極詳贍其曰墨子於魯陽文子多所陳說楚語惠王以梁與魯陽文子韋昭注文子平王之孫司馬子期之子據此以證墨子為楚惠王時人當矣今案史記索隱引劉向別錄云墨子書有文子文子子夏之弟子問於墨子如此則墨子者在七十子後也耕柱篇子夏之徒問墨子又云魯陽

文居未必一人容甫不用別錄之說初不辨驗且於子夏之徒亦不引以為證

稍失之疏畢按有墨子篇目攷而於別錄竟不稱引尤數典而忘祖者

矣

十八日晴大風

遣蘇福至郡送琴生沈太夫人壽禮

十九日晴

荀子非相篇凡人莫不好言其所善而君子為甚故贈人以言重於金石珠玉觀

人以言美於黼黻文章聽人以言樂於鍾鼓琴瑟故君子之於言無厭鄙夫反是

好其實不卹其文是以終身不免埤汙傭俗故易曰括囊無咎無譽腐儒之

謂也佩綸案孔子象辭曰括囊无咎愼不害也文言曰括囊无咎无譽蓋言謹也孫卿之說背於聖門其於學易寡過之旨殆未得聞矣

大略篇易之咸見夫婦夫婦之道不可不正也君臣父子之本也咸感也以高下下以男下女柔上而剛下聘士之義親迎之禮道重始也

又易曰復自道何其咎春秋賢穆公以為能變也此本易以說公羊

二十日晴

尸子發蒙篇孔子曰臨事而懼希不濟易曰若履虎尾終之吉若羣臣之衆皆戒愼恐懼若履虎尾則何不濟之有乎（近有姚配中作周易姚氏學頗采諸子注易而遺此條）

二十一日晴

昨夜受寒不甚適晨起甚晏讀山谷詩煮龍井茶午後心清目朗矣

鬻肉一器邀予嘬晚飯藉以破悶飲酒半升陶然有餘歡也

二十二日晴

過通橋十餘步有胡神廟廟側有一井泉甚甘洌道光閒山右孝廉吳曉撰廟碑以大神為狐突張儀本東山皋落氏感狐突之諫申生而祀之妄誕可笑杜注皋落氏赤狄別種一統志山西太平原樂平縣東七十里有皋落山有東山皋落氏之虛似不得兼有上谷之地胡神自是元人所奉呼圖克圖之轉音變而爲胡塗耳傳會春秋失之泉味不減淅之虎跑余名之曰洌泉或云皋落今垣曲

二十三日晴大風

作寄再同誼卿書

二十四日晴

過子峨晚劉子進龍松琴均來

春華回都得高陽伯潛賢夫及安圃書

二十五日晴

得安圃及鶴巢書

二十六日晴有風

二十七日晴

子峨過談

二十八日晴

復高陽及鶴巢書

二十九日晴

上海寄魏宋北齊書全

四月初一日晴

初二日晴

初三日晴

子峨來談與之共游三皇廟廟祀伏羲神農黃帝本之世今旁祀諸名

醫舊蓋軒轅廟也後殿祀三皇而前殿專奉軒轅旁祀岐伯以下為醫家所營造內銅佛無慮數百尊乃元時古刹大抵銅佛皆為人竊去矣邊民集撮香灰治病有驗乃稱求一商人布施復新其寺以舊存銅佛一尊奉于伏羲龕下碑皆萬歷以後淺人所撰無以知其緣起者可慨也旁祀十人乃鈔之藥王之廟者可笑可歎

初四日晴

得安圃書並家廟碑道于峨

初五日晴有風

致安圃書又得家書並遵化州陳牧以培書

初六日晴

晚得琴生書

初七日晴

琴生遣姬升來送鈲及萬苣

初八日晴

以酒一升肉一柈招子峨晚飯用陸納延桓宣武故事也

初九日晴

過子峨

得安圃及陳牧書

初十日晴午後有風
詩蜉蝣掘閱傳掘閱容閱也箋云掘閱掘地解閱謂其始生時也以解閱喻君臣朝夕變易衣服也案說文土部堀突也从土屈聲詩曰蜉蝣堀閱我躬不閱傳〻容也彼以容訓閱此復以容訓堀則堀閱者容〻乎殆不可通疑傳堀閱容閱也當作堀突閱容也孔疏釋傳以閱為悅懌之意恐非箋注說文及箋詩直以容閱為孟子容悅惟太迂曲

十一日晴

十二日晴

十三日雨

十四日晴

十五日晴

子峨來談

十六日晴

袁華睞得安圃書並延茂才歙縣王庭芬芷升至晚陪芷升談

十七日晴

杔子明來午後子峨過談

琴生贈南食又寄廷致合肥四月望日書

十八日晴

劉子進張子蘇同過久坐

十九日晴天氣漸燠始被袷衣

午後過子峨昧賓安圃再同書

二十日晴

芷升開館

午後過子峨

二十一日晴

答托子明張子蘇劉子進昧過協鎮射堂少坐鎮有施世驃碑

知南營房乃康熙辛未出內帑所建本千餘間今大半圮毀矣薄

莫登城縱眺

二十三日晴

得安圃書 內附八九兩弟書

二十四日晴

複安圃書 附八九弟書

二十五日晴

午後子峨來話

借府書經籍志來閱數頁取酒醉卧醒已上燈矣

二十六日晴雨相間似南中黃梅時節

連日昏昏欲睡一無所營

二十七日雨

過于峨談詩

二十八日晴午後雷雨

二十九日晴

過于峨

三十日晴

下堡於二十八日始有會乃買賣都門雜物者偶出觀之皆小兒戲具東洋

磁花無邊偶目

閏月初一日晴

得琴生書復之止其來塞見顧

午後張全來

初二日晴

午後吉觀察巡塞外還見過驛以他出

初三日晴

答吉雲帆

初四日晴

初五日晴

初六日晴午後雨

作六姊墓志

初七日雨霽

過于峨忽雨一陣覓車而歸

初八日晴

作寄樂山書並姊氏墓志由都寄戴之時戴之欲作鄂游

初九日晴

作復合肥書未竟琴生還頌臣來夜留同話聊破岑寂

初十日晴

午後仝兩兒偕頌民游雲泉山山顛有三皇祠在蓮花洞余所未到也跡

雷雨一陣旋霽

十一日晴

頌民田宜琴生約余賞墨莊芍藥賦兩絶辭之並作復合肥書交驛遞津

十二日晴

得八弟致圃及再同書

十三日晴午後陰

又得再同書

十四日午後雷雨不成
午後于峨来已而龍松琴亦自宣至
十五日晴傍晚陰
答松琴還楊小坊茂才乃書院董事小堂通于峨時于峨眷属将至
也
門前有賣花者乃南西門外土人買繡毬兩盆群芳譜繡毬木本皺
體葉青色微帶黑而瑟春月開花五瓣百花成朶團圞如毬有紅白二
種玉堂雜記東閣窻下小池旁植金沙月桂之属又有海棠郁李玉繡毬
各一株

十六日陰雨
晨起作致安圃書
午後讀元遺山詩數首紀文達稱其興象深遠風格遒上洵並
十七日晴
十八日晴
買野勺藥十餘叢種之隙地 琴生送玉海來
十九日晴
二十日大雷雨
張令調內邱

二十一日晴

二十二日雨

二十三日雨

二十四日晴

二十五日晴

石秀才來往答之

二十六日晴

劉子進邀飲同坐惟石秀才

二十七日晴

二十八日晴

同石秀才赴宴

二十九日晴

与琴生談

五月初一日晴

初二日晴

琴生偕王鎮石秀才葛司馬同飲

初三日午後大雨一陣

三兄八弟來遊之同館北海軒 琴生作倉卒主人出嗟而辭 余則有

飄泊彭城之感

得裕公運齋書

初四日晴

還塞上

重午日晴

與三兄八弟談頗鮮羈愁 八弟近遊浙江省城 爆師明骨牌術

初六日晴

同八弟過子峨午後張子蘇來

初七日晴

子峨來談　閻師報潤師已病開缺

初八日晴

八弟往答子蘓子峨則已踈萬全矣午後子峨前輩來

初九日晴有風

三兄八弟四都寄復高陽證卿安圃書

初十日晴

過子峨雜談遣悶

送張子蘓赴內邱薄暮子蘓來久坐

十一日晴

枯坐檢閱書目殊無所得

十二日晴

命蒼兒隨余睡自課之陳光仍隨館師

褚福自沙城折回得八弟及琴生書琴生並惠蟹豆莧菜

十三日晴

晨起得伯平書廿二作復並犒來使二金

十四日晴

龍松琴以禮翁書金剛經見示乃蜀僧含澈光緒二年據乾隆間宋平石刻摹泐者宋平所刻即仿跡摹本也另松琴謂其不失晉人家

汯非也他日當還之

十五日晴

聞鐵香勘昕成將還南越將論余之罪也木葉潛並

十六日晴甚熱

楊仲宏集提要宋代詩派凡數變西崑傷於雕琢一變而為元祐之朴雅元祐傷於平易一變而為江西之生新南渡以後江西宗派盛極而衰江湖諸人欲變之而力不勝於是仄徑旁行相率而為瑣屑寒陋宋詩於是掃地矣載生於詩道弊壞之後以風規雅贍雍雍有元祐之遺音史之所稱固非溢美故清思不及范梈秀韻不及揭奚斯權奇飛動不及虞集而四家並稱於

無作色蓋以此也

十七日晴 寄香翁書 交再同十九日由閣峯攜去

十八日晴甚熱

十九日晴

王芝卅辭館歸 教法太疎婉詞却之 並贈驢而去 遣閣峯送之入都

二十日雨

近日山城賭雨而雨不能大但漾漾之延

二十一日晴

得再同書寄蜜漬病支一器日本刻管子一部羊毫筆五支

午後子峨來

彭千總赴郿領餉交琴生一書与之

二十二日晴

与伯平期於枳兕嶺假一車一騎賤其內出南門過昌隆寺至胡家屯望見

早飯屯距乙五十里先過左衛舊城約三里至屯旅肆甚破渡洋河飯後越盤勝河四十里宿舊懷

安慶元店

二十三日晴

晨起二十里至懷安城又四十里至枳兕嶺伯平於昨夕已至矣相見

歡甚

三十四日晴
与伯平在逆旅雜談竟日
三十五日晴
晨起与伯平别踈途遇雨行八十里宿夏家屯旅肆甚陋
三十六日晴
行七十里未刻回寨上伯平贈余及子峨各百金過子峨妾之
時子峨妾与女至寨以刀鐶夢斷故也
廿三日琴生有書廿五日八弟安圃有書汪柳門復書並至
三十七日晴

懿舟踈得琴生和送菜謝詩其高渾處非余所能到

夜作致合肥書洪翰香書又琴生寄

二十八日晴夜微雨

二十九日晴雨相間

子峨來談

以琴生彼寄豌豆蠶英欲作兩詩答之而興殊不佳雖吟成遂韻

而已

竇鵬下僕俞德松乃倪泰之甥相隨日久前月抄以家事辭去至是遂

乞長假乃復從一兵以助衰閫福

三十日大雨

寄琴生書　明峯昧得安圖書夜作復函並寄復再同書

六月一日晴

得樂山書知臘月交合肥處寄鄂之函竟亦浮沈可惜也

午後琴生遣姬升来知其二三兩節郎君均到郡並得合肥書及暑藥一

乍廖穀士寄銀百兩　永峻峰来

初二日晴

本欲赴郡車已駕矣而天酸盈雨乃解驂既乃大晴其雨其雨杲杲出日可

以悟世事也

午後永峻峰送扇一握及衣履食物受其書箑及食物三種

初三日晴

晨赴答峻峰辰巳之交赴郡薄暮至仍宿北海軒琴生遣其三郎出見名恆頤字淵若

初四日晴

琴生遣其二郎出見名恆謙字谷若時新病初愈谷若已入學貌極秀雅淵若稍瘦面目有神谷若以文二篇見示理清筆諳可造才也淵若文尚未檢出琴生謂遜于其兄午後王鎮龍不相繼而至

初五日晴

琴生廳事有異蟲蹁躚而至繞余衣袂間似太常仙蝶塞上不恆見也余以爲點綴入詩便似東坡儋耳五色雀之祥文人狡獪不過如此耳與厚生過處洛臣校官閱其所藏書畫王覺斯一長卷㝡佳琴生亦出示董香光游虎邱詩冊

初六日晴

辨色而起自鄗還塞上日未午也得安圃書及八弟津門大弟廬臺書再同寄西墨荔扇及荔枝二律來

周禮大司馬以旌爲左右和之門注和今謂之壘門立兩旌以爲之虎賁氏設車宮轅門爲壇壝宮棘門爲帷宮設旌門穀梁置旃以爲轅門攷

桥亦名濼門尹注藿亭来明

初七日晴

作和再同密漬荔支詩

初八日晴

劉子進来談

初九日陰雨　琴生書来

初十日晴

耳痛垂十日連日左耳流汁不止殆肝火上升也不能觀書悶甚

王海張敞集一卷　唐二卷　傳諫昌邑王書　言霍氏封事　請罷治盜賊書　諫太后出游獵書　詣公車上書

按伯厚時張集已佚故僅摘本傳之日耳

十一日薄莫微雨

三疊再同韵較原稿稍妥午後隨手檢之唐人詩閱之

昨夢甚奇見青天無雲赤日之旁忽有字十餘行而以淡霞襯字

於霞中歷歷可辨

十二日晴

十三日晴

十三日晴

十四日晴

十五日晴

以玉海還郎　琴生書亦來

十六日晴

琴生送藥方米並餽瓜藕

十七日午後快雨

寄黃再同書安圃書

昨夜服琴生方耳稍愈得雨胃鬲稍舒竟日閱蘇詩

十八日雨

四庫全書提要春秋通訓六卷永樂大典本宋張大亨撰是書自序

謂少關春秋於趙郡和仲先生考宋蘇軾年譜軾本字和仲又蘇洵族譜稱為唐相蘇頲之裔孫系出趙郡今所傳軾題煙江疊嶂圖詩石刻末亦有趙郡蘇氏印然則趙郡和仲先生即軾也蘇籀雙溪集載大亨以春秋義問軾之答書云春秋儒者本務此書有妙用學者罕能領會多求之繩約中乃近法家者流苛細繳繞竟亦何用惟左邱明識其用終不肯盡言微見端兆欲使學者自求之云云與大亨所序亦合蓋其學出於蘇氏故議論宗旨亦近之按坡公集有答張嘉甫書較雙溪集所載尤詳蘇明允族譜自云昧道之裔提要似亦未詳核

十九日雨

昨夜枕上作謝琴生丞蓮漪詩交丙寄宣

東坡先生說論語已佚今從欒城集論語拾遺輯三條朱子集注輯九條宋余允文尊孟續辨中有辨坡論語說八條王若虛滹南老人集有孟子辨惑一卷云蘇氏解論語與孟子辨者八其論差勝亦皆失其本旨即余所辨之條也蓋以文集所載如剛說思堂記之類略見一斑矣

二十日晴旋雨

寄虵晏厓洛道碑與琴生並繳三絕

得伯平書寄集杜八首

二十一日晴

得仲彭書知楊晳泰歿留其弟楊棨入署

安圃書來知近日太白經天七月朔日食今年月食三次王雲舫二被對

惜不能因時納諫負此前席吳明湖試輪船〻損與之亦溺死云曾

侍郎建議以粵海六廠歸隸赫德督榷監督不得過問孝達力爭為

孫許所遏大受申飭高陽因弟洽潤臣中暑者忝本徽塞亦異徵也

入夜身汗又流蓋積鬱所致

二十二日晴

腹泄鬱甚

二十三日晴

樵蒼先至郡

二十四日晴

過王楓臣略談

二十五日雨

耳中流汁止 王楓臣來

二十六日晴 萬壽聖節

送麓先以朱火香談

二十七日晴

吉道來

二十八日夜大雨如注

二十九日晴

七月初一日午後雨是日日食

蓉吉道及賀令

初二日晴

琴生赴裹來憲四年刻余亦詠塞上

詠得合肥六月廿二日書

初三日陰雨

復合肥書

劉子進何子峨均来
初四日晴
答子峨少坐即返
初五日晴
初六日陰夜雨
初七日晴
寄復伯平及洪翰香書均託琴生分別交遞俗事稍清精神已爽
仍理舊課矣
初八日夜雨

得常世兄及王雲舫書
初九日晴夜雷雨
初十日夜大雨
十一日雨竟日
十二日晴
得安圃書
十三日晴
十四日晴
芝岐來談

十五日晴

遣未存入都復常師母書

十六日晴

十七日晴

十八日晴

得安圃及再同書再同復寄孝達書及荔支龍眼來

十九日晴晨微雨

以蜜漬荔支寄琴生

復再同及安姪書念及國事家事意緒殊惡

二十日晴
得琴生復書
廿一日晴
廿二日晴
楓臣建多倫諾亦通此見訪晚答之
廿三日晴
廿四日晴夜雨
廿五日陰
廿六日晴

遣潛赴郡

子峨來

廿七日晴

廿八日晴

潛光踈得琴生書

得安圃書

廿九日晴

復安圃書

夜讀王介甫蘇說不覺失笑

八月初一日晴
過子峨
初二日晴
初三日晴
朱存回並圖為延山東黃縣由孝廉升堂来課兩兒並得高澍
師及再同廉生書
初四日晴
得伯平書
初五日晴

得管子義證復將戴校勘正一過

楓臣來晚答之

初六日晴

沈秉成為廣西巡撫

午後何子峨來談

初七日晴

夜獨酌微醺閱韓子一卷

初八日晴夜頗涼

登城縱目秋氣易悲

韓子和氏篇商君教秦孝公以連什伍設告坐之過燔詩書而明法令是

燔書之禍萌芽於此先輩未嘗拈出

初九日晴

得趙菁衫書

琴生驛書至薄莫復得書並惠果餌

過天峨

初十日晴

得安圃書

十一日晴

十二日晴

得合肥復書旨琴生屢来

十三日晴

劉子進送蹄髈肥以酌取醉

子峨来少坐即去

十四日晴

吉雲帆来為其母繁香集序今日清暇撰成應之

十五日晴

十六日晴

十七日晴途中遇雨是日寓塞上雨甚大

琴生遣車来辰刻返郡

十八日薄莫急雨

琴生邀同劉子進夜飲

十九日晴

鎮道来

二十日晴

二十一日晴

遣蒼兕田塞上午初答吉道晚鎮署招飲

二十二日晴

回塞上

廿三日晴

廿四日晴

廿五日晴

廿六日晴

廿七日晴　汪修廉蘅叔

廿八日晴

署萬全陳大令米緝甘舉人

廿九日晴

子峨來示其子文數首頗有進境

三十日晴

得安圃書又病矣悶甚午後飲酒陰雲作雨不成

九月初一日晴雨電霰一日中變幻不測

初二日雨

為子峨世兄閱文 過子峨遇楊孝廉振鎣丙卯舉人

初三日晴

董仲以舉業見示 為之改正、儀封人全章

得安圃書

初四日晴

得九弟書時在都中

夜讀易

許君偁易孟氏偶錄解字於左方

乾 上出也从乙乙物之達也倝聲 乾 籀文乾 乙部

案与彖首出庶物義合 萬物資始

潛 涉水也一曰藏也一曰漢水為潛从水朁聲 案藏也乃易義 潛龍勿用

陽氣潛藏

龍 鱗蟲之長能幽能明能細能巨能短能長春分而登天秋分而

潛淵从肉飛之形童省聲

田陳也樹穀曰田象四口十阡陌之制也

夕惕若厲 說文骨部髑下引讀若易曰夕惕若厲 夕部夤敬惕也從夕寅聲易曰夕惕若夤

張本文易義別錄引之於孟氏易下云許亦博采眾家古文故兩引輒誤未可正為孟氏虞無夤字 段氏改夤為厲云引易說从夕之意以

惠氏周易述作夕惕若夤、厲為非 王氏筠于夕部引易直删去 鈕氏樹玉亦據韻會以引易乃小徐非許原文而以今本繫傳為後人轉改 鈕云漢書王莽傳孫竦引夕惕若厲淮南人間訓應劭風俗通後漢張衡並作厲

案乾鑿度為韻有無夤字為是

惕敬也 王據之並改敬為驚也非是

淵水 回水也从水𣶒象形左右岸也中象水皃 淵或省水 囦古文從口

天顛也至高無上从一大

亢人頸也从大省象頸脈形凡亢之屬皆从亢 頏或从頁

亢龍有悔

忼慨也忼慨壯士不得志於心也从心亢聲一曰易忼龍有悔

錢云許所據孟氏易段借字一曰易、當作易曰、淺人以忼慨忼龍義殊妄

改 王云當改作亢雖兀注字隸引作忼然明堂位鄭注康讀為亢龍之亢闕作亢也、王說大謬鄭注知亢龍正當作忼龍言慷即忼之或體也非士不得志与賢人在下位意通

首 𩠐百同古文百也巛象髮謂之鬊鬊即巛也

劉向說疑至一字偏孔子曰山巍巍乎惟天為大惟堯則之易曰無首吉此蓋人君之公也夫以公與天下其德大矣不知何氏易說之義

初五日晴

坤 地也易之卦也从土从申土位在申 疑乾下亦當有易之卦也句而妄人删之

迷 惑也从辵米聲 得 行有所得也从彳㝵聲古文省彳

西南得朋東北喪朋安貞吉

朋古文鳳象形鳳飛羣鳥从以萬數故以為朋黨字

霜 冰

習 數飛也从羽从白 部首

含章 含 嗛也从口今聲 章 樂竟為一章从音从十十數之終也

淮南繆稱訓詩曰執轡如組易曰含章可貞動於近成文於遠 姚氏引

括囊 括絜也从手𠯑聲 口部𠯑塞口也从口氏省聲 氏音厥 段曰絜者麻一耑也引申為絜束之絜 易括囊借為𠯑字

黃裳

野 郊外也从里予聲 壄 古文野从里省从林

血 祭所薦牲血也从皿一象血形 部首

初六日晴

屯難也 屯韻會引有象草木之初生屯然而難从屮貫一屈曲之也一地也易曰屯

剛柔始交而難生 屮部 一篇

利建侯 建立朝律也从聿从廴 廴部 二篇下 侯春饗所射侯也从人从厂象張布矢在其下天子射熊虎豹服猛也諸侯射熊豕虎大夫射麋麋惑也士射鹿豕為田除害也其祝曰毋若不寧侯不朝于王所故伉而射汝也

磐桓 本亦作盤 亦作槃

般辟也象舟之旋从舟从殳殳所以旋也 舟部八下 釋文馬云槃桓旋

也 𣪘古文般 槃承槃也从皿籀文

亘求亘也从二从回回古文回象亘回形上下所求物也 桓亭郵表也皆字

邅如 邅趁也从辵亶聲 趁邅也 走部二上

班如 班分瑞玉 一上 頒大頭也从頁分聲 九上 虞注班躓也馬不進故班如矣

匪寇婚媾 寇暴也从攴从完

婚婦家也禮取婦以昏時婦人陰也故曰婚从女从昏昏亦聲 媾重婚也从女冓

聲 易曰匪寇婚媾

女子貞不字 字乳也从子在宀下子亦聲 虞云字妊娠也義同

丁亥

四五

豐潤張氏澗

即戻无虞

虞騶虞也白虎黑文尾長於身仁獸食自死之肉从虍吳聲詩曰于嗟乎

騶虞

膏肥也 肉部 四下

泣血漣如 泣無聲出涕曰泣 瀾大波為瀾〻或从連。

初七日晴

蒙王女也从艸冡聲 冡覆也从冃豕 冃部七下 段云凡蒙覆僮蒙今皆作蒙依古當作冡

冡

余案此从草木之初則蒙亦當从草也草猶屈曲蒙則草生可也後矣引申為

童蒙 王女之正蒙亦以其形得名也

童蒙 僮未冠也从人童聲 人部八上 童男有罪曰奴〻曰童女曰妾从䇂重省聲

釋文字書作僮鄭云未冠之稱是鄭从許也今僮皆省作童不出釋文

再三瀆　黷握持垢也从黑賣聲易曰再三黷

說文以瀆為溝

發蒙　發䠶發也从弓發聲

諸家亦釋發字

桎梏　桎足械也从木至聲　梏手械也从木告聲

鄭注木在足曰桎在手曰梏从許

以往吝　口部吝恨惜也引易曰以往吝　辵部遴行難也引易曰以往遴

段云許偁孟氏或兼偁他家或孟易有或本以意改之詞

包蒙　包象人褱妊巳在中象子未成形也元氣起於子子人所生也男左行三十女右行二十俱立於巳為夫婦褱妊於巳巳為子十月而生男起

巳至寅女起巳至申故男季始寅女季始申也
案許君此說与易義最合虞注震剛為夫伏巽為婦以剛接柔正太之詳同
因悟巽之从丽巳亦是此義也

擊蒙 擊攴也 手部 攴小擊也

初八日晴始衣裘

午後子峨來談琴生遣人來送菊四盆

需 須也遇雨不進止須也从雨而易曰雲上于天需 雨部 十一下

利涉大川 川貫穿通流水也虞書曰濬く巜距川言深く巜之水會為川也

郊 距國百里為郊从邑交聲

沙 水散石也从水从少水少沙見楚東有沙水 譚長說沙或从尐

泥 泥水出北地郁郅北蠻中从水尼聲 北部坭反頂受水北也从北泥泥省泥亦聲

出自穴 土室也从穴八聲

速之容 速疾也从辵束聲 容寬也从宀谷聲

陸釋文引釋詁曰速疾也釋言曰徵也召也馬云召也按此詩解是言非急疾之容耳

九三爻致寇至釋文鄭王肅作戎本言虞亦作戎也而張皋文亦改虞為戎非是

初九日晴

閱邸報高陽授禮部尚書為之一喜高陽參政專以扶持善類為主乃以越事罷言清議惜之閱三年復長春官正氣稍伸於此見

三聖之知人

于峨以議律偽改竟日始畢以銅琵鐵綽板而使之唱曉風殘月真

惡作劇也

初十日晴

琴生書來言河決鄭州由賈魯河趨潁入淮徐鳳一帶千里為壑

懸河將改轍而南余已知論河不當南挽之說驗矣下游不暢上游已

橫決矣

兩日來因改詩未及讀書

易箇日記

光緒丁亥九月十一日晴

作書寄高陽

訟爭也从言公聲

窒惕 窒塞也 虞云窒塞止也 馬鄭均作咥 王弼謂窒塞也

不永所事 永長也象水巠理之長詩曰江之永矣

象曰訟不可長也許所令虞注永長也坤為事初失位而為訟始 案永象水巠理故之初故不永訟說可補虞之不足

歸而逋 亡也从辵甫聲

无眚 目病生翳也

錫之鞶帶終朝三褫之

鞶大帶也易曰或錫之鞶帶男子帶鞶婦人帶絲
褫奪衣也从衣虒聲讀若池

虞注鞶帶大帶男子鞶革本於許居三褫作三拕 說文拕曳也

十二日晴

過于峨得再同書

讀范史王景傳恨漢書不志河渠 宋神宗熙寧十年七月河決澶州

為南北分流之始 澶州曹村在今開州西南 元符二年哲宗六月河決內黃初元祐

中議回河東流范子奇建議文潞公呂惠大防及安燾謂河不東則失中國之險為契

丹之利范純仁胡宗愈蘇轍不可范百祿行視罷之而吳安持李偉復主其

說紹聖初弃行之至是河決內黃東流斷絶吴安持等三十人降責有差

案東坡有聞黃河已復北流老臣舊數論此詩二首是阻回河之說二蘇皆同

其詳見王見大注蘇詩

十二日晴夜雨

明景泰四年徐有貞以諭德為僉都御史治沙灣決口時河南水患方甚原武西華皆遷縣治以避水有貞上三策一置水閘門一開分水河一挑深運河上用其策於是設渠以疏之起張秋金隄之首西南至濮陽濼博陵陂壽張沙河東西影蕩白嶺灣李𡋯凡五十里由李𡋯而上至竹口蓮花池又抵大潴潭凡五十里乃踰范暨濮又上而西北數百里經澶淵以接河沁又築九堰以禦河流旁出者長各萬丈實之石而鍵以鐵六年七月成渠名廣濟沙灣之決垂十年

至是始塞亦會黃河南流入淮有貞始克奏功 明史河渠志
有貞本名珵以倡議南遷為景泰所惡改名求進而才足濟之

年四月晴

咸豐元年閏八月楊以增奏八月二十日豐北廳屬豐下汛三堡迤上無工處所決口二年四月以兩次決口楊以增革職留任陸建瀛降四品頂帶三年二月蕆工六月復漫口其弊由於時以軍興餉絀不克復堵五年六月下北廳蘭陽三堡銅瓦帶水進口廂黃水漫溢六年三月派瑞文端及慶祺往勘十年沈兆霖奏孫嘉淦乾隆間所謂由大清河至利津入海即現在黃河所改之道適循之東省紳士云張秋以東自魚山至利津海口皆築民埝惟蘭儀之堤

張秋之南則黃河自決口而出汎濫汪洋工程最鉅直隸之東明長
垣山東之菏澤鄆城壽張又較張秋為甚張秋下游至海明不必施工惟
缺口至張秋數百里間可令民間捐辦俾 旨飭各督撫議行蓋自
咸豐乙卯至今河又改北流而南矣三十三年

十五日晴

十六日晴
午後石秀才自宣府來留之小酌

十七日晴
送聘之後過于娥小坐連日偶有感冒憊甚

十八日晴
閱湖氏師月初過津大當到霸州矣擬遣褚福往候之病中强作一書
百感交集
十九日晴
病小愈讀蘇詩午後得宣六二守書
二十日晴
遣褚福行寄盈圖書又渡再同書
午後子峨來談
前子峨以其手制瓠來改題为子莫瓠中瓠中为道之趙岐注子莫魯

之賢人也宋子固之他書無攷焦里堂作正義第引或說謂莊子有儒
墨楊兼疑于莫即東亦無顯據惟說苑脩文篇公孟子高見顓孫子
莫曰敢問君子之禮何如顓孫子莫曰去爾外厲與爾內色勝而心自取之去
三者而可矣公孟不知以告曾子曾子愀然逡巡曰大哉言乎無外厲者必內
折色勝而心自取之者必為人役是故君子德行成而容不知聞識博而辭
不爭知慮微達而能不愚疑孟子所謂之子莫即其人也　錢大昕云史記
以子張為陳人而呂氏春秋云子張魯之鄙家也學於孔子或陳或魯二說皆
是春秋傳陳公子完與顓孫奔齊顓孫自齊來奔子張當是陳顓孫之
後以字為氏者故稱陳人子張既從孔子遊而其子申詳為魯繆公臣則

居於魯非一世矣余案張顓孫自齊來奔則顓孫氏可云魯人以趙邠卿注魯之賢人斷之其爲顓孫子莫無疑又案荀子非十二子篇弟佗其冠神禫其辭禹行而舜趨是子張氏之賤儒也論語禹行而舜趨無論語堯曰允執厥中舜亦以命禹與子莫執中相類 韓非顯學篇亦有子張氏之儒

二十一日晴

略愈作寄八弟書晚讀通鑑十餘頁

二十二日晴

神氣已復欲定讀書課程而未果覺兩年來大為蟲魚所困讀

書漸趨煩碎思有以參之

二十三日晴

得安圃及琴生書 九弟已回蘆台

二十四日晴

二十五日微雪漸霽

呂覽諭大篇地大則有常祥不庭岐母羣抵天翟不周山大則有虎豹熊螇蛆高注常祥不庭羣抵岐母天翟皆獸名也螇蛆下注皆獸名不周山名翟郝氏山海經箋疏駮高注錢侗校以不庭題穢不周見於大荒東西兩經文大荒之中有山名曰常羊之山後文又有常羊之山大荒

東經有度毋之山即呂覽峻毋皆天翟不得其說余案淮南墬形訓元燿不周天翟元燿字形相近高彼形注元燿不名一曰山名疑呂覽注天翟宵曾山名當作昔昔山名不周山在翟西當次于此而高能踰姐下則日者歟是承咸以諸山為獸名也呂覽又云爭山之東不周之非

二十六日晴

淮南詮言訓故廣成子曰慎守而內周閉而外多知為敗毋視毋聽抱神以靜形將自正不得之已而能知彼者未之有也故易曰括囊無咎無譽此以廣成子慎守解易之括囊尚不失夫子言慎之意視高子腐儒之解為勝

二十七日晴

史記項羽本紀范增勸羽擊沛公曰吾令人望其氣皆為龍虎氣成五采此天子氣也急擊勿失夫羽果信望氣者言彼既有王氣何乃擊耶不信望氣則此亦不足激動之也亞父亦無聊矣

二十八日晴

得琴生書晚作書復妥圃

二十九日晴

過于峨

陳平曰我多陰謀是道家之所禁吾世即廢亦已矣終不能復起以吾多陰禍也夫陳平之陰禍孰有大於偽游雲夢者夫信果

反帝往適為之禽耳知其必不反而畫此策以傳之豈非陰禍

十月朔日晴

閱邸抄高陽派至河南閱河工會同薛允升察視具奏九月

廿五旨也

寄安圃書並致高陽書

初二日晴

初三日晴

初四日晴

昨日章谷若正夫還僕送食物來作書復之並致琴生書時琴

生行縣之田也

王楓臣因石聘之求作武成王廟記昨日得暇作之並廟及

關祠 漢李將軍王洎陵合祠聯

初五日晴

子峨山來

徐武功塞沙灣築一決口下木石則若無者心怪之聞僧居山中有道有貞往叩焉僧無所答徐日聖人無欲沈思竟日悟曰僧言龍有欲也此其下有龍穴吾聞之龍惜珠鐵能銷珠乃鑄鐵萬斤而下之龍一夕徙而決塞載之明史紀事本末 余謂事殊恢詭非僧冥無所知姑為不

可解之言以塞責爾徐攻成後目明神奇遂為是說耳

初六日晴

萬金全來卻之

初七日晴

午後廿答客過劉同知小坐

夜作寄安圖再同書

初八日晴

寄琴生及石聘之書

初九日晴

夜作致合肥書

初十日晴

禧聖萬壽聖節遵旨應爾依斗望桌

子峨来談

初十日晴

十一日晴

至靜卿將入都時有説君之地往送略談（怫靜卿送葉仲華云穆春岩已故）

十二日晴

十三日晴

過于峨晤談
晚在聘之書來
十四日晴有風
得再同書並香濤寄書及笥晚琴生自宜行縣過此
十五日晴
午後琴生去
作復香濤及再同書
安姪書至附潤師及方錄山書
十六日晴

作滇安圖及澗師方道書

聞合肥有香疾作書候之附高陽書

十七日晴

景介臣來

十八日晴

過子峨略談

十九日晴有風

夜讀山谷詩

二十日晴

定靜鄉來

二十一日晴

得琴生書

二十二日晴

寄安圃書

二十三日晴午前大風微霰旋止

得樂山來書已卸督篆

二十四日晴

復樂山書

夜檢孝達所寄粤刻書内有墨緣彙觀題松泉老人乃汪文端公自號而粤雅堂刻作無名氏疏矣細閲乃安儀周撰

二十五日晴

得合肥書廿二日書三日到殊速又得九弟書

二十六日晴

夜劉子進来談

二十七日晴

午後子峨来

二十八日晴　晨霰旋霽

方銘山自都寄贈食物

二十九日晴午後有雪意

過子峨鑄香寄贈洋腐及肉

三十日晴

寄復八弟及戴之書

十月初一日晴

得琴生書

初二日晴

初三日晴

雨日中作書十餘帋

初四日晴

昨得琴生書擬過郡車來赴之

初五日晴

晤王楓臣石聘之

初六日晴

同聘之過慶治臣校官晚琴生寓中飲

初七日晴

蔣溪合肥書晚治臣來生鎮召飲

初八日晴

睬墓上得安姪書病來大愈又得子通書臣改京府

通判

定靜邨授東三省練兵大臣

初九日晴

天氣漸寒午後子峨來

讀安圃書並寄馬律韻府

初十日晴

連日呵筆肆書所謂東坡何事不違時也

十一日晴

十二日晴

得再同書

十三日晴甚寒

十四日晴

得張全書

十五日晴有風

復張内耶及趙菁衫書

十六日晴

十七日晴

復冉閬書

舊唐書劉洎傳太宗遼東還在道不康洎與中書令馬周入謁洎周出遂良傳問起居洎泣曰聖體患癰極可憂懼遂良誣奏之曰洎云國家之事不足慮正當傅少主行伊霍故事大臣有異志者誅之自然

定矣太宗疾愈詰問其故洎以實對又引馬周以自明太宗問周〻對與洎
所陳不異遂良又執證不已乃賜洎自盡洎臨引決請紙筆欲有所
奏憲司不與洎死太宗知憲司不與紙筆怒之並令屬令〻史又崔仁
師傳二十二年仁師甚承恩遇中書令褚遂良頗忌嫉之會有伏
閤上訴者仁師不奏太宗以仁師罔上遂配龔州　如所言則河南竟
非端人矣疑劉洎輔太子監國時對太宗有大臣有愆失臣謹兩行
誅之說已為太宗所疑後又有聖體不豫之言發怒殺之不關登
善之讒也後河南既殁其子宏辰欲為洎頌冤託之河南之譖
其說高中與仁師之罔上諉咎河南同一不根之謗

丁亥

書竟又閱梁彥璋傳顯慶中為給事中時故侍中劉洎之子詣闕上言洎貞觀末為褚遂良所譖枉死稱冤請雪中書侍郎李義府又左右之高宗以問近臣衆希義府之旨皆言其枉彥璋獨進曰劉洎大臣舉措須合軌度人主暫有不豫豈得即擬負國先朝所責未是不愜且國君無過舉若雪洎之罪豈可謂先帝用刑不當乎據此則劉氏託為河南所譖又以迎合義府其迹顯然非彥璋之駁則不待則天時復官矣並所謂國君無過舉者語亦未允

又盧承慶傳永徽初為褚遂良所構出為益州大都督府

長史遂良讒又求索承慶在雍州舊事奏之由是左遷簡州司馬其時河南秉政所構何書之當直書以定是否

又李昭德傳父乾祐与中書令褚遂良不協竟為遂良所構永徽初繼受邢魏等州刺史乾祐雖強直有器幹而昵於小人既典外郡与令史張友書疏往返令伺朝廷之事俄為友人所發致坐流愛州

十八日晴

過子峨略談

十九日晴

王鎮遣人送野雞

新書以竇參入相為李鄴侯所薦案舊書裴延齡傳延齡與京兆尹辨是非攻訐叔則之短時李泌為相厚於叔則中丞竇參特恩寵惡泌而佑延齡叔則坐貶為永州刺史延齡後著作郎竇參奏事作相用為太府少卿轉司農少卿據此則李竇有嫌鄴侯未必密薦時中德宗察之務稱斷卜相不必許大臣預謀此蓋李繁家傳中鋪敘以見其父之恩遇隆重也宜辨正以雪鄴侯之冤新書亦無鄴侯薦竇事

二十日晴

舊唐書尹知章傳門人孫季良等立碑後附孫季良傳河南偃師人名翌開元中爲左拾遺集賢院直學士撰正聲詩集三卷行於代唐碑有渤海高府君碑乃孫季良撰結銜爲麗正殿修撰學士校書郎孫翌字季良是季良乃翌之字也正史誤孫書法甚秀高府君乃力士之父名福字延福高力士乃延福之養子見舊唐宦者傳延福出自武三思家碑諱之其文云以大將軍之故特拜朝議大夫守內侍員外置且力士以天寶初加冠軍大將軍右監門衛大將軍延福以開元十六年卒十二年葬何力士已稱大將軍與傳不符按是勛開元十二年加輔國大將軍豈力士與之並僞命耶要之此碑殊足爲季良之玷亦不幸而傳者也

二十一日晴
得琴生書役谷老若又兩篇交具來入
二十二日晴
子壽又擢蘇藩作書致再同
午後得安圃書疾尚未愈可慮也附八弟兩書無恙甚困又附
袁爽秋書
二十三日晴
得琴生書子峨來談
二十四日晴

得合肥書延安圖主集賢書院講席致安圖書告之

二十五日晴

王鎮送暇敷序求跋

二十六日晴

彭千總田得石生書

過子峨晚劉同知來久坐

二十七日晴

作唐襄陽張氏八誌跋尾並補正新書世系表之誤

晚龍松琴來

二十八日晴

得安圃及鶴巢書

午後答杉琴

二十九日晴寒

田宏正由魏移鎮以魏兵二千為衛從自以與鎮人戰伐有父兄之怨表留魏兵度支使崔倰固阻其請不報上表素宏正恭順而無術此事關係甚鉅若姑以家財養之而力單之於朝雖十往復可也七月晦廿月抄遇害崔倰之畫財誤國誠不容誅而宏正之愚亦過於愚矣

十月初一日晴
寄復安圃及鶴巢書又作復合肥書交琴生以賍款序還王鎮
初二日夜雪
初三日雪
楊順日宣寄陳借琴生華山残碑来
初四日晴
寄安圃及奭秋復書
初五日晴

初六日晴

初七日晴

劉子進來

初八日晴

由竹亭鮮館

初九日晴

遣褚福送田師田寄安圖及再同廉生書

午後子峨來話

蘇端見杜詩一蘇端薛復筵簡薛華、一雨過蘇端工部詩文章有神交有道端復得之名譽早又云蘇侯得數過惟毒毋傾倒似端乃古文業舊唐常袞傳楊綰卒有司議謚文貞袞徵諷比部郎中蘇端駁之說綰道甚端坐貶官楊綰傳貶端為廣州員外司馬楊公權賢相而端受常袞之指毀之豈長于乎綰初謚文貞後改文簡豈仍以端之毀而袞陰主之耶

鄭英又以御史中丞兼太僕卿充隴右節度使唐書誤云兼御史中丞新舊書並蓋略之也英又附元載魚朝恩更稱其狂蕩傷靡工部贈詩云人頻墜塗炭公豈忘精誠觀其從祿東都延及鄭汝豈復念及塗炭哉工部詩中應酬之作不少長排尤比比皆是分別觀之

初十日晴

十一日晴

十二日晴

得安圃書並謂御書

夜劉子進來時備官期滿

十三日晴

復安圃及謂御書

十四日晴寒甚

十五日晴寒意甚減

十六日晴

十七日晴

得冉同書附壽翁一幣並三十金　又得陳伯平書

十八日晴

子峨來談

十九日晴

東坡生日於責躬齋懸東坡像偕兩兒致祀

得安圃子涵書並筆四枝

二十日晴

午後石驤之自宣郡來云琴生患喉證溫之疹不出擬即覓車候之旋得萬瀨書琴生已於午刻去世駭愕之至時已薄莫凌寒夜發宿榆林

二十一日晴

四鼓自榆林啟行候晨至郡哭琴生則其諸子女婦無一不傳染疫氣者急爲延醫診治而自甫受病已深其小女疾不可爲矣晤鎮道致合肥書

二十二日晴

琴生小女殤

二十三日晴大風

二十四日晴

褚福自郡回得安圃及再同書

二十五日晴

四鼓貞甫又殉二十四日貞甫夫人之小祥亦殘冀貞甫可免不料

仍不能免可悲也

二十六日大風

二十七日晴

琴生始歿與子同日悲夫

二十八日晴

谷若病已小愈其四弟已就館時通筆除午後余課塞已

又得安圃廿三書附康生孫氏子寅書

二十九日晴

過子峨夜劉子進來

四鼓得合肥書

三十日晴

遣人赴郡致鎮道及谷若書

光緒十四年戊子正月癸丑朔陰微雪

午前子峨處略談午後子峨來話

初二日晴

昨夕得郡書谷若病變凌晨即行午後至郡則谷若已於朔夜化矣琴生諸子以谷若為家終於不救尤可悲也夜合肥派李牧竟成及洪令恩廣至

初三日晴

与李洪處分琴生後事略定

初四日晴

余還塞上初三日合肥遣以什哈至附寄一書

初五日晴

劉子進來

初六日晴

子進赴郡託寄一書

初七日陰

初八日晴

昨夜余喉痛竟夕晨漸愈

初九日晴

并進子峨內室

夜候復痛

初十日晴

聖上保泰居

十一日晴

赴鄗

十二日晴

琴生柩眷偕行余送至泥河慘惻不已

十三日晴踈途雪

昨夜宿王鎮軍中日辰過郿君視其實從之未行者殊堪

悽惋昧塞已薾莫矣

作家書得再田書

十四日晴

過于蛾前輩略話

十五日晴

留髯作致于壽丈書

過劉于進

十六日晴

子進于峨先後至

得祥仁趾叅贊書

十七日晴

過于峨得樂山十二月廿二日書

十八日陰午後雪

遣兩兒回都就學寄再同安圃書附潤民師于壽文節實夫田竹亭朱子涵書

十九日陰

寄洪翰香書

聞于峨右髀右足痛往視之以千金寶要半身不遂方錄畀

療治同戍二年艱難無間見其疾竊自憐矣

二十日晴

二十一日晴

閱九峯至沙城回

二十二日晴

得石聘之書知琴生之三息在懷來殉矣

二十三日晴

往視于峨少復如常右手不能作字

二十四日晴

子進來吳蘭石太守遣人餽食物受其書九函 游楊集 乾坤正氣集 畿輔輿地圖

二十五日晴

伯平專人送書

是日得九弟蘆臺書兩兒母貴甫書 九弟正月初十日生一女

二十六日晴

復伯平書 具僕明日行

寄九弟安圃書

二十七日晴

過禾峨少坐即返俄頃禾峨乘車而來有據鞍顧盼之意足猶未健也

二十八日晴

得合肥十七日書

二十九日晴

往視子峨略愈

夜復合肥書又寄再同安圃書

三十日晴有風

午前子蓮來久坐

二月初一日晴

昨夜半得洪翰香朱九香書知琴生挈眷於廿六日由潞河啟行赴津

初二日晴
石賺之自宣州來
初三日晴
松石賺之劉子進飲
寄合肥及洪大令書
初四日晴
過子峨
龍松琴來談夕與賺之過書院
初五日晴

又過子峨午後龍石來談

初六日晴有風

午後与劉子進在騁之至草地城隍廟一游乃庚辰年与樂山下榻處也謫限將滿過之以追舊迹感慨何似

接存日都諫得安圃及再同書時蒼光在家塾潛光在再同處分詳

初七日晴

騁之回至其寓中送之即過子峨

寄以安圃再同書

初八日晴

寄大同書並壽聯 伯平之母熊太夫人二月十二生日年六十五

初九日晴

初十日晴

十一日晴

十二日晴

劉子進來辭行久坐附寄合肥書 初十又得合肥初四書

十三日晴

得安圃書復之

十四日晴

十五日晴

過子峨略話其病似愈而病根尚存

十六日晴

夜閱宋元學案其體例不善派別亦多傅會

十七日晴

賀六合來合肥以余將踝遣令甘深之分俸千金以資踝裝作書謝

之午後答賀令

得再同初八書時赴保定迎壽文又得安圃書

十八日晴有風

得滬書及石彰華山碑琴生有此碑取石彰長垣本互校之

而琴生竟不及見可悲也

午後得耕翰香書知琴生偃春十八日南行

十九日晴

閱宋元學案

複八弟書

二十日晴

得合肥書過于峨于峨捐銀二千充課合肥不敢代陳于峨甚悶

二十日晴

閱漢書竟日近日稍得讀史之法午後得洪翰香書

二十二日晴

夜讀臨川集

二十三日晴有風

大學致知在格物朱注格至也物猶事也窮至事物之理欲其極處無不到也李剛主問樂於毛西河以論格物不合西河遂作大學逸講箋且攻習齋剛主曰周禮教民一曰六德一曰六行一曰六藝三物即大學所格之物其說屢見又告從孫曾達曰子求格物須先識定此篇是論大學夫

大學也而有襍務乎大學十五所入者也而即躐及幽深高遠者乎
鄭康成禮記注格來也物猶事也其知於善深則來善物其知於
惡深則來惡物言事緣人所好來也業格物在致知之先故鄭氏
以善惡兩端形容之致知即是知止並必就善而善始能止善也恐
朱子窮至說得較過剛主之說尤爲傅會來說未見俟肆敘之
來字上承近字引下而后知至可善可惡未止未定之境此正入大學弟
下步
二十四日晴
得安圃書又得伯潛臘月廿六日書

寄琴生二千一婦孝烈事略文李直牧竟成跋洪翰香

説文叜老也从又灾段氏引元應手灾者衰惡也言血脈之大候在於寸口老人寸口脈衰故从又从灾韵會引説文从又灾灾者衰惡也蓋古有此五字而與學者釋之余案元應所云決非説文疑叜从宋省从火故籀文从寸入老畏寒守火守亦聲

二十五日晴大風

得陳伯平書

二十六日晴

二十七日晴

過千峨

夜閱黃山谷詩

二十八日陰

寄滇合肥書

二十九日晴

偶閱馮登府三家異文疏證目思嚴錢橋所輯韓詩二十一卷及魯詩齊詩未刊惜已散佚叢韓內傳本四卷韓外傳六卷韓故三十六卷韓說四十一卷見藝文志錢橋分為二十卷未知何據

三月初一日晴

寄再田書

初二日陰

得安圃書

初三日晴

寄復安圃書　姬廿來得洪之翰香諸君書

初四日晴

初五日晴

過于峨

得安圃書

初六日陰午前有風

檢閱關中往返文牘譊譊聱聱戛以情情關冲強執一詞甚至捏造

孤拔文書證其不妖干奴共謄可為寒心

初七日陰

向讀汪容甫述學疑其書與文名實不稱偶閱江藩漢學師承記云君中

年輯三代學制及文字訓詁制度名物有係於學者分別部居為述學一書屬

稿未成後乃以撰著之文分為述學內外篇刊行之深惜容甫述學之書未

成也

初八日晴

江藩漢學師承記書名頗佳惜詞義猥遝過於蕪茂然篤其人學養可知矣

初九日晴

得安圖書

初十日晴

閱韓詩外傳喜其多理語校其字脉當作文一篇

十一日晴

張子苑有書來復之

十二日陰雨

石聘之贈一雁翮毛已豐從之飛去

十三日大雨雷微電

子夏傳乃唐張弧作國朝崔應榴以為漢鄧彭祖子夏傳梁邱易疑子夏乃鄧彭祖案韓嬰孫商傳易舊唐書子易傳二卷与韓氏易傳二卷合。按漢志班注名嬰安知非即韓氏易韓商可与下氏同名又安見其不同字乎

學經室解幽王之皇父即宣王之皇父謂此七人皆賢臣說寬于古說甚新並既自創一解則蹶維趣馬何不即以蹶父實之耶家伯維宰何不即以家父實之耶節南山家父刺幽王也聚子內史何不即以鄭語之史

柏寶之耶

十四日陰夜雨

讀舊唐書

十五日晴

宋議變法王安石言周置泉府之官以權制兼併均濟貧乏變通天下之財後世唯桑宏羊劉晏粗合此意學者不能推明先王法意更以為人主不當與民爭利今欲理財則當脩泉府之法以收利權帝納其說佩綸案荊公以桑宏羊劉晏之說務合於周禮可云不知讀書宜其作周禮新義如此淺陋周官理財之說亦非泉府所能盡周官之制亦非理財所能盡

神宗若荊公人皆云卿不曉世務安石以經術正所以經世務今聞之議
法止是理財理財之法止是桑劉吾知其無能為矣
十六日陰
石聘之暨董仲璋孝廉來名勵琳琴生之族弟乙酉舉人王楓臣近謀其子由籍來宜
得安圃書復之
十七日陰
以張今致琴生聘交聘之寄津午後董石溪來話董云其鄉
人夏班卿者客周玉山處頗究心輿圖之學去年于合肥試集
賢書院聞黃河夏以河必南決竟先中

余不喜楚辭謫居讀之仍不喜蓋文雅憂國離騷怨君其意不同使
在孔子之先亦在刪例
十八日晴
閱全謝山漢書地理志稽疑惜其七校水經注不可見疑非趙注所取
能盡之也
十九日晴雨一陣
午後吉雲帆自多倫回道談
夜讀昌黎詩
永貞行云北軍百萬虎與貔天子自將非他師一朝奪口付私鄉懔

懷朝士何能為累舊唐書王叔文傳叔文引其黨與謀奪内
官兵柄乃以故將范希朝統京西北諸鎮行營兵馬使韓泰副
之初中人尚未悟會邊上諸將各以狀辭中尉中人始悟兵柄為叔
文所奪乃止諸鎮無以兵馬入希朝韓泰至奉天諸將不至乃還
伾文乘順宗疾病之中竊片刻之國柄作威作福釀之鴆酒止渴
漏脯療饑必無久理其躁謬自不待言惟此陸贄陽城及謀
奪中人兵柄乃其瑕中之瑜卒以此忤中人政俱文珍與之不合
監國既定旋就誅貶昌黎深惡伾文何者不可罪而乃首罪
及此試閱北軍果天子自將耶兵柄歸諸將與兵柄歸中人

孰是孰非耶殊不足服任文之心而爲劉柳輩所竊笑也

信乎詩史之難也

二十日晴午後微雨漸霽

答雲帆

玉溪生東阿王詩國事分明屬灌均西陵魂斷夜來人君王不得爲天子

半爲當時賦洛神 又涉洛川詩意亦同皆以宓妃比楊妃以東阿比壽王

以灌均比中人意甚明白徐注誣賈妃有私之僞造厚馮注謂別有艷情

左袒支離似此穿鑿詩之魔障更多可謂玉溪罪人矣

二十一日晴

過千峨病猶未愈也

二十二日晴

得安圖書復通千峨 宋玉風賦𣪍其風中人狀直憞溷鬱邑毆溫致溼中心慘怛生病造熱啗齰嗽獲死生不卒此庶人之雌風

閱石洲詩話 覃谿先生著

詩話始初唐迄元與所選小石帆亭五言詩續鈔可以互證蓋欲救漁洋之偏而又不沒漁洋之善觀趙秋谷之談諆相去霄壤以固學詩者之前馬也

二十三日晴始御袷衣

復安圖書

二十四日雨

午後伯平遣汜来贈驢二百金

夜復伯平書

二十五日晴

過都沅及景祺蔣莫陳令来

昨日又得安圃書午後復之

二十六日晴

過于峨

午後張令遣使来送驢卻之並復一書

西崑酬倡集虞山簡緣爲武之序云義山與温庭筠段成式爲西崑三十六宋之錢楊劉諸君子競効其體互相訓倡意反江西之舊製爲文錦之章西崑者宋初翰苑效温李者之西崑非三十六爲西崑也西崑在前江西在後乃云意反江西之舊亦顛倒可笑前明諸人往往如

閱史耳

二十七日陰雨晚止

東坡別黄州詩用敝幃王注顧以礼作帷爲疑囊枚長七歲如秦東白馬帷蓋之張李善注帷或爲幃音韋然坡公所本無二字無來歷也

二十八日晴

寄安圃書午後安圃有書至
子峨來步行能出明可書帛介往來答
二十九日晴
都院揩升明瑞入都託寄家書
午後龍祝琴自宣化來久談薄莫過書院答之
崇雨舲家藏聖教序三本楠木板無套者宋搨存集顏斷處洋布套方本者宋搨有梁跋四五段藍絹面小本者乃明搨
三十日有風
讀文選數頁

四月初一日晴

得劉同知盛璦書時派修長垣河工

班氏作揚雄傳蓋仿史記之司馬相如傳不知相如之傳止可一不可二也觀史遷相如傳所云詩之風諫何異是相如風諫而子長又借以風諫也其所載三賦及論巴蜀文封禪文皆係孝武一朝大政非徒贊司馬長卿之文辭也班氏於揚子紀其反離騷則子雲未嘗貶論不得擬於賈生之弔屈甘泉長楊賦似子虛長林並止須與長卿合傳以文作相如輩連之足矣至其太玄法言詳為敘目推崇太過止是一人學術何關一代典章夫諸儒以雄非聖人而作經咲定之論也班氏於儒林傳所

載極略而於雄一人所載過詳使西漢經生大義不傳固有罪焉

吾嘗謂班氏非經生非史才特一文人而已

易家有兩京房班氏於大中大夫京房獨不著其里殊疏

伏生二十九篇不著其目遂使太誓之說紛紜至今歟孔安國今文亦不詳

易之授受最詳本於太史公其它經自有授受何以不載以致後人序錄疑實據生

韓嬰燕人也又云涿郡韓生其後也使嬰本涿郡則當云韓嬰涿郡人不必襲子長舊文且韓生與下趙子竟不書名亦非史體

毛公趙人也平帝時嘗立學官而於大毛公小毛公亦不詳其名且其
詩與三家異同亦不應不指一二句
禮經不載其目尤奇
三傳敘次較明疑經典序錄所載公羊穀梁授受不碻並班氏於
易既溯源商瞿子木則公羊穀梁所載子沈子之類不當遺之
初一日晴
午後過子峨談得再同三月廿七日書
初二日晴
朱穆作絕交論因劉伯宗事亦甚微蔡公叔徽詣廷尉太學生劉

陶等數千人詣闕上書豈為絕交論所激耶公叔為人寬不足以馭
屬奏記於梁冀陳其禍福乃私恩非公規也且桓帝初年公叔勸
冀謂明年當有小厄宜急誅姦臣為天下所怨毒者以塞災咎
既而因清河王蒜之獄李杜見害亦始非穆言啟之矣其時姦臣
孰有過於冀者不勸冀而勸冀誅奸塞災則冀之所謂姦臣
孰有過於李杜者然則穆之罪殆與馬融草奏同科矣乃二
明年之厥鮪謀立清河王蒜文蓋龍二見沛國蒜無術與學遂以
穆龍戰之言為應於李杜之獄竟不一及縱穆甚已矣夫安
知冀非因穆之言故殺異己者以塞災咎也

中散以絶交書見稱孝標以廣絶交論為一到所恨閒日絶交二
字已覺戾氣曾于所謂一貴真養到之言也杜工部云記憶
細故非高賢既不記憶矣亦何必形之詩哉

初四日晴

得安圃書知君子科入縣學十五名可喜

兩都賦序注引孔臧集曰臧仲尼之後少以才博知名稍遷御史大夫
辭曰臣代以經學為家乞為太常專修家業武帝遂用之

干寶説易以潛龍為文王羑里之日見龍在田為免羑里之日飛龍在天為
武王克紂正位之日以亢龍有悔謂湯有慚德案以龍況官則龍乃指

臣非指君也時乘六龍孟喜曰天子駕六是其證

初五日晴

答石聘之書

盧植集曰詔給濯龍廄馬三百匹、赭白馬注引

高誘戰國策注、麗美麗也 琴賦注

笙賦注曰孟浪虛誕之聲、不知何本、俟考

謙六五不富以其鄰利用侵伐无不利口訣義引張氏曰葛伯仇餉湯往伐之是也、觀六四利用賓于王虞仲翔引詩莫敢不來享莫敢不來王爲說 遯九二執之用黃牛之革侯果曰體艮之爻師當此爻九五嘉遯侯

果曰般之高宗當此爻　革六二孚乃利用禴馬季長曰禴殷春祭名也
未濟上九有孚于飲酒无咎濡其首有孚失是虞仲翔曰謂若殷紂
沉湎于酒失天下也
偶閱孫淵如周易集解本取其以殷事說易者箋之干寶說事以殷紂
為之跋不錄

初六日陰有風

初七日晴
手峨来小坐午後石生自富府来

初八日晴

得家書初六日奉

硃批張佩綸著准其釋回該部知道欽此

至托子明永峻峰薛行均未晤道章介臣報初十日啓程回籍子

峨齋中小坐

得孝達再四書

初九日晴

托子明景介臣均來送並致儀物數事巳刻子峨來小坐午刻往子峨處

話別時子峨病未清殊難爲懷

起行至宣府王鎮酒宿道府縣均全日中送無琴生可傷也

初十日晴

至各處辭行午後慶治臣龍松琴葛季梁均來慶葛即去與彬琴及石駢坐宣鎮園亭中談詩良久復至武成王廟一游夜鎮道府公餞署府吳燠采庚午同年知縣何承諸丁丑進士

十一日晴

五更起行鎮道輩均追送不及雞鳴驛餗沙城宿

十二日晴

辰刻至懷來知縣賀瑞霖迎候同飯旅肆過縣署小坐至岔道延慶州董成義少自州來送贈肴饌卻之不可董字宜甫

亦庚午同年也遂宿驛館

十三日晴

早至道饒征章牧及守備玉振陞相送策騎行二十里至居庸

關小坐復乘輿轎至南口飯午刻至灌市昌平州韓克恭送

菜餉之

十四日晴

早灌石曉發安圖還蘇福來迓午刻自西便門入都

光緒十有五年己丑正月朔

祀神祖考臨山谷數十字讀舊唐書一卷與合肥師談竟

日

初二日晴

合龍奏呈元旦

上諭吳大澂授河督李鴻藻還頂戴李成樺回成以按察使用李

還翎銜餘升敘有差

初三日晴

大弟來談

初四日晴立春

閱陶詩 尚本

過晤若僧得吳勉學管子本晤曹靖臣李漢春兩提督楊瑞生總兵張鎬青自都來与其弟雲路 字居直 過談

初五日晴

合肥生日避客致阮傳茶隱与趙夫人及余菊耦清談

初六日晴

出門答客

初七日晴 鎮江林德美領事公所

初八日晴

李漢春衡達三陳序東及宣化何承於諸旧至唐仁廉之来

得安姪書九弟来午後藹青吳仲濂至

初九日雪

李漢春来復竹坡前輩書論莊子

初十日晴

有人以舊書數種来售檢閱竟日晚九弟来得夏仲並書

次因床褥值得助款晚於蘇捌並恩壽人師

十一日晴

晨花農來吳總兵育仁亦至午後過九弟

寄徐夏仲並書 元燿

十二日晴

李河間振鵬來乃癸未散館知縣由肅甯調署河間吳縣人久居河南其尊人豫中知府也言居子館甄無有真者盡予重金攜之入都矣苗仙麓有廣韻校本屬其物色之不可得也

午後與菊耦略話家事信步至晦若處談亦不暢

內人臨樂毅論余無佳本因於耕霞谿館所翻一本與之石菴以爲碧落碑本篳谿以爲越州學舍本高出吳江郡本百萬僧惟書付官奴四字此本脫去實屬可疑也

十三日晴試燈

感寒嗽甚作復唐鄂生書洪翰香來話黃趙羣有啓至知粤帥道經廣已輪船

十四日晴

過晦若話以王壬秋詩見示詩筆甚健而其人骯髒不平非善士也

得八弟書即復之

十五日晴

得電報今日宣麻張之萬以大學士管戶部徐桐以吏部尚書

協辦大學士孫毓汶授刑部尚書

署中燈火甚佳羣兒相聚為樂憶東坡上元夜詩前年侍玉

輦端門萬枝燈去年中山府老病亦宵與今年江海上雲々房寂出

僧亦復舉賣大松閒見僧々三年之中唯宣宗不同百端交集余自甲

申上元陪蒙古諸藩茶宴後已而於居庸道上觀燈逆旅亦此一

醉耆騰丙戌丁亥戊子三年皆謫所意味亦不甚同今年佳節以祁

伯之第為滄浪以德曜之家為昇畫全家偕隱圖係燈紅目傾

謂漪兩見日亦等但省得𣴎公詩及余日記中諸上元瑣事辰者也

日積知古人委心任運之理不至極其遐㳂其欲矣

十六日晴

午間獻夫來申初㷀玉初至辛未同年近署蠡縣以完全調矣

檐談吏也頗解算學以圭盦詩贈之

十七日陰大風

午刻史竹孫恩培來其祖蘭畦先生與先子至交其兄庚午同

年雨竹孫高才晚達與先兄同舉戊子鄉試為言先子嘗題其

祖乘風破浪圖長古一篇目而之索稿圖中有祁文節寯藻詩蓋蘭甫咸豐壬子過燕門時所題也

光緒十四年七月俄新報俄屬及各呂見提督普爾瓦斯基該員大游亞細亞洲現派往西藏取道新疆隨帶內曾游歷之弁兵二三十人皆通地利測繪諸事兼精戰務給與公費輿圖會亦出銀助之合肥命譯其書凡著論七篇大致謂新疆之兵情形窳華權易失而俄之威力足取準回兩部其人名伯里華士琦俄之陸路提督普爾瓦斯基譯音之轉新疆之弊約有三端一曰兵不練。官以酬庸逢迎為長技擬營馬步雜糅步多紈類軍器尤不如式洋槍間有舊式陋鏽短鉄鈍力不足營官尅扣之兵士離心壯悍者思亥老弱者求昧二曰民不勤游牧之外無所事事城居者生計尤拙三曰官不廉民回則淫其妻女掠其貲財仍沿舊習回民切齒蒙民亦漸染天主耶穌之教目為俄用以余所聞證之俄人覘國之言良信近劉毅齋文以念伯之陳情作班超之生入關并屬之魏藩一日而書生而已民怨敵張是所慮也而謀國者晏然

十八日晴有風

未刻近李桐賡秀才開學

連日讀元遺山集余讀詩每以知人論世為主其人不肖其詩必不能佳

衆以為佳余亦不敢遺山生平以崔立一碑為大疑案乃取張石洲本

合翁凌施三譜蔡證翁凌均據本集及陵川之辭以駁歸潛志之

誣施北研獨主劉京叔說云名職累人不敢為先生諱余謂崔立

此碑王從之雖郤翟奕輩之請後仍脅劉祁麻革等為之如

祁所言則諉之秉筆而託於祁作祁固得罪名教矣諉之即不作

此文要當時必豫聞其事故祁得以誣之薄云乎亦惡得無罪

郝伯常云山豈得獨罪元遺山謂祁當並坐當首惡而亦非以遺

山爲無罪也天王從之不顧作碑而祁毅並作之如祁韓所云不顧奉

節蓋此宜内翰子裕之當遂與祁絶乃内翰泰山之游仍與劉郁

同行而遺山亦不與祁郁乘異上墨文中補三名流和不謀所淩仲子

舉此謂其存心忠厚此非忠厚也蓋王若虛及元裕之不願作碑

而使難與張信輩脅劉麻貝代此若虛之智也祁亦不願作而

無計自脫遂發心爲之此劉祁之大繆也祁久而自悔故不得不反

噫若虛裕之以自解若虛裕之當時實亦與其事故不能湮絶

祁郁此筆底隱令裕之内翰表上墨文及昧渚志觀之是非

自定後前皆隨韓而袒則定論也全言似涉刻嚴並文人

狡獪事以飾非文過如遺山者甚多後之論事者因其文而重其人反為之欺飾迴護比比皆是宜為醜冒故不可以不辯

十九日晴

惇邸薨逝

上奉

慈聖十八視殮十九臨喪舊念懿親 家法也

二十日晴

作寄安圃書並寄三兄卅金

文心雕龍余所藏乃馬日璐校藏天啓刊本雖升庵評點不善而此

本經名賢校讎殊佳明張之象刊本分上下篇而序志則分為一下篇此本尚
從隋志十卷之舊梅慶生注梅慶具梗槩多所未備黃崑圃先生輯
注較詳四庫收黃注而提要亦譏之是雕龍無善注本也
二十一日晴夜雪
連得安圃十三十八日兩書是日節署開案例宴余避謝與菊耦同
飯夜看師談往事自己卯以至今日一星周矣
閱邸抄唐仁守請密奏條陳仍書
皇太后聖鑒奉
懿旨以其違臆窺測開去御史交部議處

聖母以簾聽為權宜之舉本自己擬
純廟授受盛典守禮之嚴卓越千古矣
朱子之學於論蘇氏極不平余嘗記之矣茲復摘其數端如論
蘇氏云汲公首為無稽游從者從而和之豈不害事又云東坡之
德行那裏得似韓公答汪尚書云害天理亂人心妨道術敗風教
豈盡出王氏之下凡以二蘇與洛黨忤也一念之偏雖大賢如晦翁
猶不得其正況其下者乎故論事當平心所謂公生明也

二十二日晴

黄花農張楚寶士珩合肥師之甥戊子舉人來張作局為壽文以電報

電燈分外亦奇警

朱子云今人觀書先自立了意後方觀書牽古人言語入做自己意思中來如此如何得見古人意思須是虛此心將古人言語放前面看他意思倒殺向何處去如此方有長進先自立意甚中余病不但讀古書即論事見客亦如是不如虛心以應物也

二十三日晴

歸政懿旨合肥賞紫韁

本朝漢臣賞紫韁者兩楊侯遇春芳及曹文正潘文恭與合肥師凡五人

餘詳邸報

得鄭苓泉給諫書來乞講席作書復之晚得再同書并青

張太岳集

二十四日陰夜雪

夜晦若以代擬紫繮謝表見示楊蘭墅来

義山之詩沈博絕麗而史稱其放利偷合詭薄無行朱長孺注其詩獨以為失實其言曰令狐綯之惡義山以其就王茂元鄭亞之辟其惡茂元鄭亞以其為贊皇所善綯之繼父洋除尤甚贊皇失勢與不逞之徒竭力排陷此其人可附離為死黨乎義山之就王鄭未必非擇木之智涣邛之公好而目為放利偷合

詭薄無行則必將朋比奸邪擅亂朝政如、八關十六子之所為而
後謂之非倫合非無行乎徐湛園之說則曰義山為楚門下士黨
牛之黨者也茂元所恃不獨衛公從亞非義山本懷集中刺衛
公詩不一而足謂黨貴星之黨亦不深也馮孟亭調停其說謂
小臣文士絕無與於輕重之數似矣而又謂義山既以綯力得第乃
心懷躁進遽託涇原此舊傳所云綯以背恩惡其無行也既而
赴鄭幕者所以重綯之怒最後在盧在柳皆衛公所賞識
聊謀祿仕並非黨李之黨亦非黨牛之鄙惟統觀全集其
無行、誠不能、辭得、第去仕背恩而赴涇原茂元卒乎又修好

己丑

九

豐潤張氏澗

於令狐令狐出刺吳興又膺桂管之辟桂府遷罷衛公貶
令狐入居禁近則又哀詞祈請如之辭如迷途閔宿憾不釋乃
絕望而以淚成五章隱附衛公冀取重於千載後一人之筆
矛盾互持植品論世刪無定守往傳後世浮華無實之誚
甚夫三說各有所見斯世之讀玉谿詩者自擇焉
余取舊新兩書讀之則三家之說皆非也舊傳商隱既為茂元從
事宗閔黨大薄之綯以商隱背恩尤惡其無行久之鄭亞請為觀
察判官大中初亞坐德裕黨貶循州商隱隨亞在嶺表明年綯相
屢啟陳情綯不之省為徐州書記府罷入朝復以文章干綯乃補太

學博士商隱與溫庭筠俱無特操恃才詭激爲當塗者所薄名宦不進坎壈終身新書則以茂元善德裕而牛李黨人蚩謫商隱以爲詭薄無行亞亦德裕所善綯以爲忘家恩放利偷合云云舊書於義山尚有貶詞而新書則無之所謂放利偷合詭薄無行乃偏及牛李鄉人指摘之詞非史論也長孺私爲義山辨而誤以時人浮議爲史家定評是讀史不審也湛園以爲義山眞是牛黨則更謬孟亭調停兩家之說而以爲義山忽李忽牛此類人滔滔皆是存其論足以風世然既注義山之詩不以責綯而以責義山豈篤論也夫贊皇之與楚不叶不如牛李之深讎也茂元之爲贊皇所善義山

未啓之先度不得知其時綯之黨微力薄不能致義山於秘省豈能
禁其不啓不一宜則義山之應陰陽不得謂之負楚何背恩無行
之有及令狐出刺吳興鄭亞出鎮桂管正衛公秉政之時令狐
方不肯以牛黨自異見義山在桂幕中安知其不互相引重冀
以文賴鄭亞而上達衛公則所謂放利偷合者亦不相後退思
拒絕之辭而非當時已有此睽根之證其忌衛公忌其權也
其忌義山忌其才也以人得位無所不忌義山不悟而猶有所
祈請居子憐之哀之何忌前於飢寒之才士而原夫負偷之
大官耶（有所祈請亦深家揆 安知陰之喜此不出）至若舊書之責商隱無特操

似確評矣而所謂詩才詭激爲當塗所薄名位不進頗憚修者則所識何其陋也夫當塗所薄而名位不進此一定之理也然其詩才則無確證且其人爲賢相所薄史亦薄之可也其人爲權相所薄史亦從而薄之何也有無特操而名位不進者亦有有特操而名位不進者又可以從譚而即斷其爲詭激歟夫使義山果達則其人不在文苑傳中在文苑傳中其名位必不進然則一卷文苑傳其人皆無特操者耶所不解也惟是文人自處則當自審其出處交游之際以免言行悔尤之端而升沈顯晦不與焉一詩文之當擇人而施之談朝政臧否人倫哉

不足自立轉為天下後世指摘之地是以文自害也悲夫

二十五日晴

與菊耦作賀儀師賞營遷詩件彭亦有和作晚過桐庵商定

先輩日課

篋中有鈍吟集一卷未嘗瀏覽因檢玉谿詩得之其詩乃與二十六體者偶閱其文稿多小碎之作有廿一史論亦無心得語

二十六日晴有風

過于晦若論詩於宋取王介甫蘇子瞻與余見論合贈余汲古閣本元遺山集稍有蠹蝕命肆工補之

得安姪書廿四日發楫舟攜回知叔母病漸痊

二十七日晴有風

夜与合肥師論詩 師以余近作頗似小杜余何敢當因取樊川詩論之世動以樊南与樊川並稱實則以李非小杜敵也 四庫提要引其寄小姪阿宜詩曰經書括根本史書閱興亡高摘屈宋艷濃薰班馬香李杜泛浩浩韓柳摩蒼蒼近者四君子与古爭強梁以為牧於文章具有根柢宜其睥睨長慶體似負而未足盡牧之之生平也夫牧之之時黨人方熾乃為牛僧孺之書記而不入牛黨論兵論回鶻為衛公所賞而又不

入李黨觀其所注孫子兵法信一代奇才學識並超罷非實潤達時勢不得借以詩人目之其人則才學均超出元白之上故餘事作詩猶能豪邁如此視義山之周旋節幕不能自振者異矣故余論詩必以人品為主固哉之是持之有故耳

二十八日晴有風

吳總兵育仁來時赴通永任

何義門讀書記牧之義山俱學子美牧之豪健跌宕不免過於放學者不得其門未有不入於江西派者不如義山頓挫曲折有聲有色有情有味所得為多余謂牧之不專學杜其詩云杜詩韓

集穗來讀似倩麻姑癢處搔可證謂學牧之易入江西派亦不道宋以後誰學樊川耶

二十九日晴

晨趙虔捷督仁廉來午後李貴臣過談晚閱書院課卷幕府諸君閱定余偶觀之耳過惺庵小坐

得廖穀士符觀庵及八弟書

是日見 大婚優賚近宗內廷外藩恩 旨

覃谿跋蜀宋槧穀二種云世傳梁穀論二種其全本元祐祕閣本也至越州學舍重摹入石此後惟文氏停雲館所摹前一本

是其嫡裔其不全本宋高仲舉士所藏石末後至一短行僅存一海
字止故名海字本宋時人極重之勒諸越州石氏帖其後又有博古
堂帖重摹之長洲文氏所藏摹不全本是博古刻又失其末後三半
短行竟無人知為海字本矣惟章藻仲玉刻於墨池堂帖之不全本
乃是從越州石氏本出者徐澧長謂筆鋒纖毫俱到何義門
謂其每字魚尾波為虞永興所補者是也節錄
內人嗜槧毅論跋錄之按此跋尚未見董氏所翻本也可以互證
單疏又有書義山贈杜司勳詩後晉力闢此詩因見杜為奇章
作碑而慨衛公之舊說因云清秋一首杜秋詩安知非退說大中二

年年秋則皺皺為同勤未可執為必在三年至謂江總之詩具眼
依妙發之義殊失之固而鑿　案清秋一首杜秋詩或本或作杜陵
他本皆作杜秋馮注以為當作杜陵亦泥宋句漢江遠弔西江水羊祜韋
丹俱有碑、一時如衛公杜甫之賜死已及小杜之仕宦無成俱在意外必
指一事以實之詩如嚼蠟矣

三十日陰

二月初一陰

王洪文來兩日讀書都無所得

初二日晴

得王雲舫廣樂秋書安姪書八弟亦有書宰生一女紅姬出正月初八日
亥時生並得保甲局差

初三日晴

午後與內人論詩良久略話他事亥刻蒯理卿編修光典來

閱邸抄有吳大澂一疏

晉書陶侃傳蘇峻之役庾亮輕進失利亮同馬殷融詣侃謝曰將軍
為此非殷融等所裁王章至曰此章自為之將軍不知也侃曰昔殷融為
君子王章為小人今王章為君子殷融為小人以此觀之人固難知之人
亦不易也士大夫立身處世惟當時以敬慎是一君子當生思齊之志

是一小人當生內省之心要之作一世君子尚恐有行百里半九十之慮

況小人乎世動以偽君子真小人立論並偽君子究勝於真小人也

吾取陶士行語非以苛人特以課己耳

初四日晴

午後答理卿入城過子久中剎同至山廉齋過談夜葉子晉自滬

來

閱陶詩竟乃翻刻湯本也陶詩何待注亦何待評以子瞻之

天才和陶而終不似陶陶可知矣

初五日晴

宗湘文自浙來以所作國朝古文掌錄廣蠶桑輯補（所刻）及許增
新刻各家詞見贈

初六日晴

曾聖與同年之撰過偕彭為合肥移賑款余一談詢吳中故
人為之悵然午後答湘文見其子舜年字子戴戊子舉人

初七日黃埃蔽天狂風竟日

曾聖與以其師潘欲仁子昭疏瀹論見示其大旨主漢書溝洫志關
竝之說謂瀹字三日當分河為三道入海不異荊公字說因思包
慎伯中衢一句以史記之釃為二渠為貳渠乃副渠而非分為二

皆牽強無理通經不必致用致用不必通經無怪乎春秋三傳之束高閣也

篋中取臨川集思与李注荆公詩互勘一過

四庫提要臨川集 百卷之內菁華具在其波瀾法度實足自傳不朽朱子楚辭後語謂安石致位宰相流毒四海而其言與生平行事心術略無毫髮肖夫子所以有於予改是之歎斯誠千古定評矣 余謂介甫為人譽之曰高奇毀之曰執拗今觀其詩文則矯世變俗之概與其果於自用之病無不流露於字裏行間其言与其行事相肖朱子之說非篤論也夫文章

愈尊古則愈高，經濟愈識時則愈合。介父自是泥古而不通
時之人，然其心術則並非全壬可比。宋之爲宋，因陋就簡，文武酣
嬉，即不用介甫，而前如慶曆，後如元祐，皆史之所推爲主聖臣賢
者，實則一味粉飾敷衍而已，不足云治世也。宋之亡，自亡於哲徽京惇，
不得咎介父也。即使司馬光君實著輩長存相任，引用洛朔諸賢，
而洛日攘攘，唯爭門戶，於國計民生、敵國外患了不講求，上何補於
宋哉。當時惟韓公洞達民情，深識國勢，如唐之贊皇，明之江陵
一流，惜其猶染堅全六一習氣，動喜安佚，而在朝不久，所收羅
僅黃、張、晁、秦諸人，特詞客，非大才；蜀人如范純父、呂元鈞輩，可

有為亦進用已晚不能與西鄰抗行終宋之世蓋無人焉又何必獨責介甫

初八日雪頗寒

陳仲勉叔毅及其六弟寶瑄同來得伯潛書距甲申冬在螺洲握别六換歲矣留之午飯而去即日放舟遂不作荅晚同合肥師過梅若略談夜命酒微醺

任慎伯所著安吳四種余未嘗細讀合肥處有此書假而閱之或以為文過默深定庵余覺其過涉叫囂華離於嘉道鹽漕河議遂激而歷詆時賢處處諉過於人躁莫於

亦要不離乎幕派不足尚也

余嘗以任安乞援於子長其答書哀絶讀之激憤慎伯說與余合

顧其言尚未詳盡他日當更論之

初九日陰頗寒

見羅興三紫齡蘿邨先生之孫也

包慎伯論魏其武安列傳以史公首曰魏其武安皆以外戚重而復

繼以稱所從來謂此憂世之微言而重斥外戚余曰不並魏其武安

傳史公之筆迴環頓挫至顯至微余蓋百讀不厭其稱所從來

一語包孕無窮姑以近言之魏其之陰明籍也以折景帝擅傳梁王

之語為竇太后所憎也並吳楚反時常於諸竇中獨留嬰未必不以
此及其爭梁太子不得則上終不相矣武安於上前短嬰直謂其辟倪
兩宮闚幸天下有變而欲有大功此何言也而上不窮詰之並則後有以報
語懇言問者何言哉不過謂其嘗爭梁太子非心乎武帝者耳夫
武安雖暴何以必殺魏其哉魏其之灌夫如父子然灌夫持其陰事
受淮南王金與語言此武安之所深忌者也一曆解韻則之業以此而
其必死灌夫此時不死魏其則灌夫或不即誅而陰事上聞矣級所
受之遺詔尚書大行安得無之皆武安之羅織而已結之以武安迎
淮南語而上曰武安在者族矣魏其之所以族者可知矣此福所從

東之一說也魏其之復出以吳楚其特薦則袁盎二人見而即請
誅鼂錯竇嬰袁盎傳鼂錯欲治盎猶與未決袁盎恐夜見嬰言吳所
以反者願至上前二對狀嬰即入言任盎所謂吳所以反即謂因錯
而反也錯言削諸侯地猶嬰爭之及東市之斬竇嬰盎進說其經
錯也視武安誣灌夫尤甚武安之死見魏其灌夫共守之盎之報刺
亦以家多怪乃之栝生所問占夫與盎以求之怪使巫視之必曰鼂大夫也即
武安之必欲殺二人若有憑之者使巫視之亦必曰鼂大夫也人但知武安
之冤魏其而不知魏其之冤是鼂錯故魏其之族所以報鼂錯之族
族錯家潁川竇之家潁川可畏哉此補所從來之又說也

得高陽書以愛女久病依紫精天葵所作書復之

初十日陰

洪翰香楊莛甫均来

慎伯云天監井闌在茅山可辨者尚有數十字字勢一同瘞鶴銘其

字圓者則篆筆法結法悉同可證鶴銘為隱居書而適翁清陸之

說嚴矣

十一日陰

寄安圃書

包慎伯與楊季子論文書曰記事而敘入其人之文則左難史記點竄

內外傳、戰國策諸書。遂如已出班氏，襲用前文，微有增損，而截並為兩家，斯如製藥冶金，隨其鎔範。馬班紀載舊文，多非原本。故史記善賈生推言之論，而班氏由引直指以為司馬始皇紀後，与兼載賈馬之名，賈生之文入漢書者，乃反意氣与過秦殊科，則知其出于司馬刪潤無疑也。余嘗預史館，蔣叔公屬以作列傳，已是難事。復從後人創稿鋪敘無雜，更覺修飾為難。若馬班所點竄秦漢人原作，安得不佳。至班之去馬則遠矣。余別有文摘之，不具錄也。

十二日晴漸和

得高陽復書

慎伯有摘鈔韓呂二子題詞云文之奇宕至韓非平實至呂覽極天下能事矣其源皆出于荀子蓋韓子親受業而呂子集論諸儒多荀子之徒也荀子外平實而內奇宕其平實過孟子而奇宕不減孫武並甚難學不如二子之門逕分而塗轍可循也蒯通賈生出於韓晁錯趙充國出于呂至劉子政乃合二子而變其體勢以上追荀子外奇宕而內平實遂為文家之祖蓋文與子分自子政始也 案慎伯此說可為臆造呂覽出自諸客其時儒分為八安得盡屬荀子之徒至云蒯賈出韓鼂趙出呂亦無確證蒯自是策士餘習賈生深於諸子百家師事吳公由是而來斯謂之似荀猶可何嘗似韓豈不得以史公有賈生鼂錯明申商之說誤以賈

為法家況鼂生明是刑家而以為似之尤不根矣西漢文字如趙充國者不少猶以之比鼂而以為似之亦非也至謂史公於莫韓之史公與于政豈韓只所解該於著如此論之真井底之見所謂村學究見解也陽湖派古文及魏默深龔定庵同不免此弊而慎伯尤武斷之雄放

近日所行絳帖十二卷每卷末題淳化五年歲在甲午春王正月潘師旦摹駐旨摹勒上石翁覃谿云此偽本也其中樊遜誤作樊退北齊人員外郎字孝謙又與温子昇俱誤為南齊人此明時肅府帖時偽刻王良常所引絳帖皆是物也惟孫退谷所見真本止十卷跋系之則千卷云

十三日晴仍寒

仲彭入都會試送之登舟

十四日晴

寄復王蘭居同年萩辰及其子石琴茂才焜書

史言陶淵明為鎮軍建威參軍本無主名李善注引臧榮緒晉書

宋武行鎮軍將軍宋武鎮徐州曲阿乃其治所陶文毅謂淵明斷

不為宋武幕僚其所佐者乃劉敬宣一也包慎伯駁之曰敬宣以乙

巳加建威將軍為江州刺史未嘗為鎮軍荊溪周濟謂隆安三

年為武陵王遵鎮軍參軍移家都下義熙元年乃從敬宣

為建威參軍慎伯駁之曰遵在都留臺暫奉為大將軍並無

鎮軍之名劉毅謂敬宣過優卽解職去其去當在夏秋之交淵明以八月任彭澤與建威參軍相接詞序不得云家貧不足自給親故勸為長吏求之靡途家叔用為小邑也其時沈田子朱齡石皆為建威何取於敬宣而以為善擇哉余業文毅之意特以彭澤近江州耳實則淵明之高致正以晉為宋武篡僭而不肯仕宋乃見其高不必描畫葛藤支離掩飾也

十五日晴有風

伯衍自英吉利來與其弟仲絜偕 仲絜名經矩

與李桐庵秀才言晉直科名 本朝共得鼎甲幾人錄之於左

呂纘祖滄州榜眼　李奭棠大興探花　均順治丙戌　張永祺大興榜眼　順治壬辰
戴王綸滄州榜眼　順治乙未　黄叔琳大興探花　康熙辛未　魏廷珍景州探花　康熙癸巳
陳惪華安州狀元　雍正甲辰　田志勤大興榜眼　雍正癸丑　俞大猷大興探花　乾隆壬辰
鄧玉清天津探花　乾隆甲辰　陳雲宛平榜眼　乾隆癸丑　張之萬南皮狀元　道光丁未
袁績懋宛平榜眼　道光丁未　張之洞南皮探花　同治癸亥　陳冕宛平狀元　光緒癸未
共十五人而大宛八人皆他省占籍者天津得五人可謂盛矣然人得科
名而重實科名得人而重其中功德言並傳曾不數人餘皆草
木同腐而已科名云乎哉
十六日晴陰相間

伯行言倫敦氣候時有大霧出門而昧則面目皆黑衣皆如染緇
非樂土也巴黎則不然

十七日晴

寄八弟書

十八日晴

衛達三賈制遣李漢春歸來矣摯甫州牧解冀州而就蓮池還

峙見訪晚過晦若

十九日晴

午後答摯甫

前紀吾鄉鼎甲因及安徽鼎甲以資談助

程芳朝 桐城 順治丁亥榜眼 吳國對 全椒 順治戊戌探花 孫卓 宣城 康熙己未榜眼

吳昺 全椒 康熙辛未榜眼 戴名世 桐城 康熙己丑榜眼 張廷璐 桐城 康熙戊戌榜眼

梅立本 宣城 乾隆丁丑榜眼 韋謙恆 蕪湖 乾隆癸未探花 黃軒 休甯 乾隆辛卯狀元

金榜 歙縣 乾隆壬辰狀元 吳錫齡 休甯 乾隆乙未狀元 程昌期 歙縣 乾隆庚子探花

趙文楷 太湖 嘉慶丙辰狀元 洪瑩 歙縣 嘉慶己巳狀元 龍汝言 桐城 嘉慶甲戌狀元

凌泰封 定遠 嘉慶丁丑榜眼 戴蘭芬 天長 道光壬午狀元 李振鈞 太湖 道光己丑狀元

呂朝瑞 旌德 咸豐癸丑探花 孫家鼐 壽州 咸豐己未狀元

共廿人黃軒金榜吳錫齡三科大魁蟬聯亦佳話也

二十日晴

呼孫茶孫来命之赴蘆臺与九弟議傑氏姊歸葬事談次淒然

同產十人今存者三人再三人者皆愚不肖家聲誰与負荷不禁

淚下

二十一日晴

晚与伯行詢英國事知永樂大典在其博物院中 書亦不全且惜

且歎

廣陽雜記大興劉獻廷繼莊著其記吳梅村云順治間吳梅村

被召三吳士大夫皆集虎邱會餞忽有少年投一函啟之得絕句云

千人在上坐千人一半清朝一半明寄語婁東吳學士兩朝天子一
朝臣舉坐爲之默然余業梅村之出志墓者謂其重違親意流
涕就道其寄當事有白衣冠至白衣還之句頗欲遁跡鐵崖雖文
人善於掩過然一錢不值肰之病中究非東澗垂涕之比惟不至有臨行
會餞之事惟梅邨以十年內亡而是年有虎邱禊飲九郡人士至者
盈千第一日慎交爲主次日同聲爲主將以接近西銘聯鑣注社籍
邨有詩存集中夫以勝國孤臣方當隱匿韜晦之不暇而忍於目
炫乎況距援聘馬國柱之詩尤遠宜乎空穴來風遭其侮弄矣

二十二日晴

伯行入都

二十三日雪

獻夫來談

二十四日晴甚寒　是日風甚大火車傷人

朱久香趙來臣自滬來朱贈文選集釋一部蘭坡先生著吳竹臣秀才遣此入都道卿之子名本齋有龍池杉者江西通判來此獻聯語極陋俚四川人午後答朱趙不值晚之君復來

廣陽雜記以頭等侍衛為一等蝦此不攷之論蝦當作轄乃鈴轄之意以音讀轄如蝦臨文亦誤不知滿洲語皆本漢義侍衛名蝦

是何義也

二十五日晴

鄭業斆者云恪慎公之姪孫屢來謁以師誼執贄見獻其所作余不志亦不長於校讎嘗為王云春隨員其人可知矣甚悔破例延入也

廣陽子云酈道元博極羣書識周天壤其注水經也于四瀆百川之源委支派出入分合莫不定其方向紀其道里數千年之往迹故瀆如觀掌紋而數家寶更有餘力鋪寫景物片語隻字妙絕古今誠宇宙未有之奇書也其書詳北略南世人以此少

之不知水道之宜詳正在此而不在南也北方為帝王之舊都二
千餘年未聞仰給于東南何則溝洫通而水利修也自五胡雲擾
以迄金元千有餘年人皆草草偷生不暇遠慮相習成風不知水
利為何事故西北非無水也有水而不能用也不為民利乃為民害
元虞奎章奮發其言之鄞太史毅然修之未畢上歷有明三百
年更無過而問之者矣有聖人出經理天下必自西北水利始
西北水道莫詳于此書水利之興此其粉本也千年以來無人
能讀縱有讀之而歎其佳者亦只賞其詞句為時記詩賦
中用耳蓋六千萬中之一也其言意欲以二十一史輿地志改合讀

史方輿紀要傳是樓一統志稿及黃子鴻水經注圖輯錄疏之以
爲讀西北水利張本偉哉此論惜其書不成也今水經注箋釋
善本推趙一清而戴吉士校本則據永樂大典輯出初無詳校全
謝山七校本趙氏極爲推許未見刊行信乎此事之難矣
從薛又言欲取酈注疏之魏以後之沿革本續之補之有關乎農
田水利攻守者必致詳其所以而論之以二十一史爲主而附以諸
家之說以至于今日後有興西北水利者有所攷正焉此書亦成
皆有宗夏勉之
宗夏黃日瑚字歆人後從李剛主
二十六日晴有風
九弟自蘆臺回來與商四姊葬事

明烏程潘基慶南華會解以內七篇為宗而以外篇雜篇類從王逍遙遊則附以繕性至樂外物讓王諸篇齊物論則附以秋水寓言盜跖三篇養生主則附以刻意達生二篇人間世則附以天地山木庚桑楚漁父四篇德充符則附以田子方知北遊列御寇三篇大宗師則附以駢拇徐無鬼則陽三篇應帝王則附以馬蹄胠篋在宥天道天運說劍六篇而以天下一篇冠於冊首、為莊子自序金聖歎則刪讓王漁父盜跖說劍而置天下於後葉會解 四庫不收殆以其顛倒舊次與梅士享之莊敘蒦子倒 但以天下篇為莊生自序實確論也特所分附不甚切合

耳

羅[illegible]道云正稷乃大射有司正曰稷見儀禮鮮=以牛=白麴乃天

子春有鮮祠見漢郊祀志膚子乃肇常滌之子猶周公卿之子

稱明子義表=猶儀表=其脰肩=乃見攷工記梓人為簴文數目

顧脰肩即顧字余以刊設讀蔡子一洗內鄭不意有先我而

言之者

二十七日晴

九弟來晚瞿子玖同年入都過晤若以湯伯頑所作聯道紀

李初稿見示

二十八日晴

晨起秦吉士綏章夔揚昆仲見過癸未庶常服闋補散館入都 出答子玖及二秦

二十九日晴

余在塞上欲輯舊晉書恐已有輯之者馬竹吾有目無書 略具體例而未果昨与蕅若商之蕅若為檢近人書目但無之因擬改輯舊書為新晉書作注蒐羅稍博擬取唐宋類書及三國志宋書水經注世說新語注文選注之類命鈔胥集為長編再議其詳例焉

三月初一日晴

何蘭孫來得子峨書並贈漢書葛布岕茶及縠子峨已就

潮州韓山書院之聘矣

終日閒適自維光陰分寸亦復可惜記唐子西文錄引蘇黃門

語曰人生逐日胸次須出一好議論若飽食煖衣惟利欲是念

何以自別于禽獸日存此念每日于經史子集必詳攷一事以

免坐荒此法心之一策也

初二日晴有風

夫遍論蕢齋曰大唐修晉書作者皆當代詞人遠棄史班近

宋徐庾夫以飾彼輕薄之句而編為輕薄之文無異加粉黛於壯

夫服綺紈於高士者矣景知幾譏房書是也今以各家晉書雜

放唐可正其疵謬之讀史一快也

初三日陰微雪

以墨林山人自摹蘭亭圖請　合肥師題其端過臨苑小坐

初四日晴

黃花農何蘭孫自來晨遣馬勇送紫皆天葵與高陽後令

播順赴通州取墓碑

陶淵明有責子詩杜工部以為不達然其子儼俟份佚佟乎無

頗者義山衆師之驕譽之愛之鼓亦無所成就視冬郎相去
遠甚並則玉溪之賦命窮薄此其一哀可慨者不獨詞位不
如畏之匹也李師他出留督兒子課扸此示之
初五日晴
遣人運墓碑至晉各莊
初六日陰
辟叔耘入都過此作甯波壽序錄付張可發
初七日晴
得高陽復書

以李鴻藻崑岡潘祖蔭廖壽恆典會試

韵語陽秋皇祐三年荆公倅舒与道人文銳弟安國擁火游石牛洞玩李習之題字聽泉而歸故有詩曰水淙淙而北出山靡靡而旁圍欲窮源而不得竟悵望而空歸元豐間魯直嘗至其處亦題詩云司命無心播物祖師有記傳衣白雲橫而不度高鳥倦而猶飛蓋效其作也晁無咎續楚詞載荆公詞以為二十四言其六執羣言之遺味故与涇縣典策之文俱傳不曉其說也案任注謂石牛洞在舒之三祖山山谷寺魯直嘗游而樂之因自號山谷道人是詩前於荆公同愛山谷未必非同鄉先達略為黃行之意也及次韵荆公西太一宮壁詩

云真是真非安在人間北看成南有懷半山老人再次韻則云草元不妨

準易論詩終近周南推許至矣其次章云數葉不如放麑樂羊終愧

巴西欲問老翁歸處帝鄉無路雲迷任注以為惠卿之忌政如樂羊

荊公之逐當與西巴同科也此說亦泥按蘇子由謫呂惠卿云放麑違命也

推其仁則可以托國食子徇君也推其忍則至于弒君詩言惠卿之發私

書識忍于由謫之是也實則荊公與神宗始終一德死生相從非惠卿

所能間亦非後之議新法者所能間也迴護至矣蓋於荊公初無

賦詞

初八日晴

王闓運字壬秋壬子湖南舉人因晦若相見曾主尊經書院丁文誠客也

初九日晴

語曰避文人之筆端辯士之舌端武夫之劍端夫劍端惟亂世之強藩悍將為可慮否則殺人者死邦有常刑尚不若筆舌之能榮辱生死人也莊子曰兵莫憯于志鏌鋣為下諒矣雖然不為文人則因文見道者是非褒貶亦當準於人心天理之公不為辯士則辯論亦窮者反復精詳亦當合於往古來今之勢惟夫小人之筆端讒人之舌端則亡而為有白黑倒置賢否混淆最為可畏而天下比比皆是奈何

初十日晴

十一日晴　夜雨自十二日巳午止

趙寅臣自蜀過談午後答之并存問都回九弟遣楊順來取

立碑工項

十二日晚晴

復安圃及九弟書答王壬秋不值

余日有讀書之暇而苦於善本之不易得且無一二好事能為致叢本者可慨也

陳無己寄東坡詩注國初來須老手有恨何必到壺頭元遺山哭趙閑閑云贈官不暇如平日草詔空傳似奉天以老手對暎

頭以平日對奉天突屬未工而論詩者皆以為名句亦耳食之談
耳

十三日晴

十四日晴

十五日晴

以佛語入史則史病以佛語入詩文則詩文病余思取晉宋諸書涉釋氏者皆難之而白蘇兩家詩其言佛者亦可議也此語與欲刪何休康成注中讖緯同一固執之論然必有不取余言者

十六日陰

昨論山谷不貶荆公讀其神宗挽詞云昔在基皇極師臣論九疇辛
以箕子比之亦免溢量
山谷題姨母墨竹詩句曰人間俗氣一點無健婦果勝大丈夫用古樂府
健婦持門户勝一丈夫呼從母以健婦殊不得體且於墨竹全不關
會此無乃近於傖父乎坡公集中決無此其次子瞻和王子立風雨敗
書屋詩起筆云子婦翁不可撾王郎非嬌客特聲明子立為子由之
壻而已於風雨敗屋亦不切也校〻蘇〻而為之是其病矣
山谷有記夢詩一首洪駒父詩話云山谷云嘗從一貴宗室攜伎游集
寺酒闌諸妓皆散入僧房中主人不怡迨晚齋夜被以為山谷夢一道士游

蓬萊作之人皆親聞山谷之言而味誤若此余謂皆山谷飾詞也其詩曰得起居舍人為韓川劾罷改秘書著作而作其詩曰衆真絕妙擁雲居雲居以況宣仁衆真以況羣輔借問琵琶得聞否雲居之莊奴搖手言宣仁已授以起居而韓川不與之也下文爭棋壞局指同時與山谷為難者猶不奈此雲窗霧閣何言天閣為雲霧所障蔽也其指甚明并亦微論矣讀通鑑長編韓川劾庭堅所為輕翻浮豔素無士行邪穢之迹根籍道路詩中窗中遠山是眉黛席上榴花是舞裙蓋自解其少年詩詩皆空中語而非實迹也庭堅既罷用孔武仲陳軒為左右史軒乃傅堯俞許將于迺呂大防者詩中兩客爭棋爛斧柯指許傅一兆壞局居不可言如軒者無人論列之耳此解甚明了起山谷於九原當亦乾笑而已

于艸堂石影

津門日記

光緒己丑三月十七日晴

復再同書

曉嵐先生書山谷集後曰涪翁五言古體大抵有四病曰腐曰率曰雜曰澀求其完篇十不得一要之力開窔奧亦實有洞心而駴目者刻擇觀之未嘗無益也 七言古詩大氐離奇孤矯骨瘦而韵逸格高而力壯證以少陵家法所謂具體而微者至於苦澀鹵莽則涪翁處處有此病在善決擇耳但觀漁洋之所錄而菁英亦略盡矣

涪翁五言古律皆多不成語殆長吉所謂強回筆端作短調耶

五六言絕皆粗莽不成詩　涪翁七言絕佳者往往斷絕孤迴骨韵天拔如倜儻崢嶸風泉泠泠並粗莽支離十居七八又作平調率無味人固有能有不能耳　東坡評東野詩云於蟹螯予謂山谷亦並然於毛骨也要中剔得一臠自是清味不必避屠門大嚼也要存會心領略耳

提要於黃詩極推許乃覃溪先生所作觀此知紀文達於谷詩所得甚深故品題精刻如此文達評蘇詩雖蹈明人批點習氣然足以藥騃學坡詩之病此論尤江西派所宜知近人於詩學每要溯源惟守伯言一派者尊黃過甚吾固喜紀文達之說而盡錄

云

十八日晴

石洲詩話云宋人七律精微無過王半山至於東坡則更作得出耳阮亭嘗言東坡七律不可學此專以盛唐格律言之其實非通論也又云太白仙才獨缺七律得東坡為補作之然已隔一塵矣余謂東坡之才不知者動以太白擬之非也太白学六朝甚謹其自開世界不如子美坡公則開宋詩世界者謂其作宋之子美則可謂其作宋之太白則不可所作七律雖盛唐而近中唐姚姬傳云東坡天才有不可思議處其七律只用夢得香山格調其妙處豈劉白所能望哉然坡之七律亦不得云劉白格調要之坡才何所

不宜而無太多人筆於庚專以開合動盪破西崑之飣餖而率易之病間出

視介甫則近於踈時當從而學之耳前尊之王賂之皆及相也

十九日晴

偶閱平齋文集乃洪都轉汝奎所刊本洪咨夔宋嘉泰二年進士上書衛

王曰宰相主州縣無不据摭其短遂為時相所忌十年不調而抑塞以終

蘇人也宋史本傳謂其直言疏有濟王之死非陛下本心為史彌遠所損其

品可知

今山谷詩通行本內集任淵注外集史容注別集容之孫季溫注案平齋

文集有豫章外集注序曰眉山任慶之驥天成撮蔚料聚之累真

積學書無不覽愛公詩若耆欲並以內集有任子淵注目注外集十二卷子蓬以名卿守蜀鋟之与史注十七卷之數不同惜無可校矣

二十日晴有風

寄復八弟書爲姪女命名曰壽扶又作安姪書並復仲彭數行

二十一日晴有風

巳刻由署至王道莊上火輪車未刻至蘆臺李漢春揚瑞生均來迓甚

二十二日晴有風夜雨雷乃發聲寒御灰鼠裘

由蘆辰初上車巳初至胥家莊飯午初由莊回里巳申初矣

二十三日晴復易棉衣

午後至山王紫霞復視未穴遣族人至韓城趁虛買雞魚備明日

掃墓祭品

二十四日晴

晨起恭詣　高祖　曾祖　祖塋行禮復至　周元阡暨　二叔塋地

行禮而歸

二十五日晴大風天過煖袷衣猶汗

族人父負無業余警以游惰勸其盡力耕織其無田者日織一席以

三百錢盧可得九百錢（此就東錢言）豆支一日飲食之費甚於從居無數

游手好閒多矣不知雖人周以錢徒資飲博無益也

二十六日晴

買山王嶴地七十八畝有奇每畝十金中廿三畝每畝十五金餘皆十金作書遣人

至縣稅契

二十七日晴

送康氏姊葬申初合窆循周兄阡而踈松柏十年都成拱把歲月深矣感慟何窮即日立神道碑四月初可以竣工也

二十八日晴

未刻至蘆台與九弟夜談

廿九日晴

田廬田津午刻至署李漢春自東來得安圃湘文戴〻俔民書

三十日晴

寄吳清卿書

四月初一日晴頗寒

得再同書九弟書來復之

初二日晴

復再同書午後寄九弟書遣楊順回廬黃花農兵[illegible][illegible]內來

李叔倫以優貢入都名經敘合肥師之胞姪伯行本生之母弟也年

廿三歲謹飭不浮

初三日晴

沈丹曾都尉翊清自福州来以優貢入都朝考贈竹柏山房十五種

林文忠雲左山房集壽山石六方棗餻四匣並得王蘭泉父子書午後

何士果孝廉来訪子峨之子也

初四日雨午陰時麥苗望澤甚切雨未透也

午後士果又来談

初五日晴

俗務略清檢點書史寄復八弟及戴之書

初六日晴

生母毛太淑人忌日不肖三年不與祭矣偕婦子奉墓道置豆愴感久

之自己卯至今十年余承歡以此日而赴戍亦以此日蓋居之廬廿七月居邊

廿七月耗廢五年有餘此五年中家國之感豈幻萬端以一身極艱沉

顛隕悲歡離合之態可為奇矣

初七日晴

吳蘭石同年自保定來石踐之秀才自宣府來皆去年在郡送

余入關者為之惘然者久之待龍田琴祥仁趾書

謁集賢書院側有周氏别業甚幽雅同策騎訪之室則周滌舲
操督所營惟後明有紫藤一架方作花餘皆官樣文章不足
觀出遊晚游花肆而歸塞上有何趣而盆甚人爲異今徧地
皆是仍市兩盆以志無忘在莒之意

初八日晴大風

夜眷後河灘草料場火風勢甚猛火光燭天久而始息天津向有
火患故水會甚盛　遣朱存隨周廿張回里

初九日晴

電傳會試全錄九言中三百一名蕙孫中趙慥庵 從本 張其之孝

譚均中

初十日晴

兩日來與九弟通電商作屋事午後孫茶孫來以壽山石三方交刻

十一日晴

寄八弟及劉省三書黃花農來午後崔惠人同年自都來

時充美國使臣九弟及周世境來存自里回

十二日晴

復龍松琴書宗湘文書過惠人合肥留宿署中也晚九弟來談

十三日晴

夜呂九翁來話

十四日晴

過晦若遇壬秋合肥之堂遊先睞

十五日晴

與東人略話送之南旋

十六日晴

得再同安圖書

十七日晴

周子嘉觀察家駒見訪提督盛傳之子頗有經世才合肥師嘗

稱之故今未謁晚伯行仲彭相繼回

十八日晴頗涼昨服祫衣今日可衣客刺兩日中氣候不同如此

得宗湘文書十九出都晦若以今日為散館之日追念玉堂不勝天

上人聞之感邀余往談所謂記刻舟痕者書生積習可概也

寄易陽師書入都之今日以益後矣

十九日晴

二十日晴

廿一日晴

廿二日晴

湘文來談還米存國都寄再同安副書

廿三日晴

答湘文不值

廿四日晴

宗子戴來

廿五日晴

湘文來辭行為跋其所藏牛鼎乃乾隆初年貴盤板贈汪師

韓者

廿六日晴

得安圃書九弟自陀來

廿七日晴尤熱

廿八日晴

南屏試造電鐙殊〻作肇始於津門以工田目驗而積悟闢產與

生學藝積年於海而譯往能以洋文洋法為奸利愧此津工遠

求聞士博此道取比材律難〻殺猶勝閑也

章頌民自蕪湖來晤話宣郡舊事涕泗漣而感悼不已

廿九日晴

九弟及頌民先後至

三十日晴
九弟送時魚兩尾得高陽書再同書
五月初一日晴
復安圃書
初二日晴
初三日雨意油然菖風所觧旁事可念
九弟來談復高陽書
初四日晴
過梅若潘伯碩自都回

初五日晴

自甲申以後余從未能從容過午節也午後與菊農清談良久蒲艾酒餚庶足有合節意

初六日晴

劉永詩自都來以潘大司空薦書至將求入幕即答之並過獻夫其母自籍至板輿迎養人子之樂也余忝朝官十餘年乙亥迎親僅供菽水每見人迎親未禁羨愧且悲也午後獻夫來九弟晚至

初七日晴

韋頌民來將入都

初八日晴尤熱

承詩入幕復安圃及八弟再同書

初九日晴申刻有微雨一陣旋止今日雲油然頗可望雨為風所散

繁復 吉甫男來贈戴醇士湯雨生畫兩軸船政舊佐也過承詩談

坐旋睞滇督岑毓英卒於任

初十日晴

繁復 吉復來柳質卿同年携鶴巢書見訪夜得石雪九言

以主事用是科直隸庶常七人五冒籍兩皆津郡人劉彭年劉

若曾也

十一日晴晚微雨

通永詩晦若略談仲潔自都下來復與菊耦談甚不樂山谷詩云

能以貧安四壁無慍可已已令余之能無慍菊耦之能安貧自可

信顧不能超然於天壤之外回顧天地竟無可以容庇之處此可

慼也不知蒼蒼者天果將如何位置之耶

十二日晴甚涼爽

午後讀管子一卷晚閱校黃詩一卷蟫蠹生涯消磨歲月而已

十三日雨

聞省城雨甚大津門則微雷快雨稍慰農情

十四日晴

張豫立渠字少以其弟人渠生通判西齋讀書圖求題據云其尊人隨

先子在木治振与吉虞先兄賞鑒為莫逆介楊望洲必欲一見乃

俞蔭甫客

玉壺清話王元之以疏雪徐鉉貶商州召錄為學士復以私謁賓友者

又草后冊儀天下當成服坐訕謗貶滁州召還知制誥又以撰太祖徽上方

玉冊謗涉輕訕貶黃州太宗召至御榻識之曰卿剛不容物人多沮卿

使朕難莊憶元之之獲罪蓋出於時宰意耶元之既以特正獲

謗則亦隨遇而安可知矣乃既作三黜賦又有宣室鬼神茂陵封禪

表徵擧之以戰其生何不達此視東坡之陀窮不関後來居上矣

十五日晴

賈振勝共做田保定

吳公不入循吏傳張釋之稱周勃張相如長者後又為大將軍擊匈奴遂出塞即還亦無傳退園淵靜語譏之噫此張季鷹所以身後名不如杯酒之歡也然後世傳紀不濫又覺馬班之謹嚴為有旨矣

十六日晴快雨歷兩時許枯苗皆甦庭夜油然郊野可想

十七日晴

龍松琴自寨上來田學省親

于艸堂石影

十八日晴

陳仲勉自都来留飯久談作致伯潜書並以陶詩贈之此答仲勉並及松琴

十九日晴

約永詩談館政松琴来劉縣司樹堂来見乃仁和廷尉壬戌薦卷門人介梅君欲一面晤貝無要語浮慕而已由清河道擢蘇臬稼明也

二十日晴

得子涵復書

二十一日晴夜雷雨

嫁女須勝吾家者娶婦須不若吾家者安定胡翼之說世皆以爲名言余與菊耦閱清波雜志及之因謂菊耦君善持論試窮此理以爲當否菊耦曰此矯世之言也非聖賢之言也夫其所見似與世之求援繫者稍異然充類盡致則貴家之女將無可嫁之士而貧士亦可以乞丐之女爲妻矣豈理也哉夫嫁女須勝吾家娶婦須不若吾家第以防其驕而正其婦女平日苟教以三從四德何至入門而驕其尊章傲其夫婿哉不清其源治其本而於婚娶之家斤斤計較其貧富貴賤所見似高而實陋耳余曰是吾平日

于艸堂石影

之論不知何以卿與吾闇合也試暢言之譬如孔子嫁女南容嫁女公冶一勝於孔氏一不若孔氏有何嫁娶之分耶蹶父嫁女於韓侯一為內臣一為外臣門戶相敵形諸歌詠有何若不若之別耶且兄嫁女須勝吾家言之則無論何家淑媛皆可適王侯將相之家斷無適寒士之理其時李文定以兄女與孫明復安定泰山並開講席不知何以為此言也陋而且隘不曉事之腐儒從而尊事之但有聯姻高門者即極指目而世之名公鉅卿無非肉眼愛女失時紛紛於榜下選壻風氣靡然良可鄙笑陽託於安定之說曰嫁女須勝吾家也而其弊乃至於此前稱曰勝之一字

色孕無窮或其德勝或其才勝均可兩娶婦以承宗祧正宜講
求門第族望詎可草草今世專於務分論之殆非古人婚
嫁之法耳
二十二日晴夜微雨
左太沖詠史詩外頗無才祿內頗無斗儲親戚還相蔑朋友日夜疏寫盡
窮士之苦李斯蘇秦不保其身而不知其憔悴之日迫乎境遇有不暇顧高危
而但求富厚利達以取快一時者余自附備嘗艱難然不敢自負忮忌之心而
適孤寒之士每思有以周之頗力不及也讀此詩爲之慨然
陶拔貢在有欽字辰卿米見枝琴六至得王廉生書寄中都四子

二十三日夏至夜大雨

雨亭吳爲三農民賀有指升入都寄安圃書並復子園一緘

孔文舉薦謝該書曰博通羣蓺周覽古今物來有應事至不惑清白異行敦悅道術永之遠近四年有疇昔薦禰衡表云淑質貞亮英才卓躒蓋其意欲使正士直廷逆遏權之奸計所以成德必欲懷之自古大臣及姦臣皆無不愛才者一顧才爲國用一顧才爲我用若一味忌才惟私汲引私人不獨不能爲大臣亦並不能爲奸臣而其庸陋禍陰誤國則與奸臣同

二十四日夜雨

鐵牌廿一至京雨連日有雨不可謂無神
再閱以顧阿瑛為子堅所作雪篷圖索題款署顧阿瑛為子堅作於不二堂
中無年月有金粟及高啟饒介謝應芳吳志淳釋九皋字妙聲鄭韶七
題顧高二詩均不見集中顧七古高七律再閱又從歷代題畫詩中檢得有明
蕭規雪篷圖歌為吳淞蔡子堅作一詩錄在圖後詩中云為子堅家客
者曰馬季常云云蘇州志無子堅而顧詩云崑山之南濟陽翁則似甚也
人叢詩云云天之傍何年遷東淛帶得山陰一篷雪有以遷子堅云為吳人
吳圖乃摹本今姚歟玉山璞盦攷而錄之
二十五日晴

今日母太淑人生日也太淑人之賢慈非一二語所能盡於諸子晚最愛余乃自丁卯棄養不及見不肖一第也二十二年於茲而佩綸遠濱無所容玷辱家聲由懸惹刑為之惘然着覓日子若孫無賢者而余為時所棄聯學日荒而年日老矣悲無以副太淑人之明誨也

二十六日晴

顧康民來談自蘇州葬親歸也以王廉生黃再同及安圖書文之

二十七日晨起雨旋晴

讀金粟鐵崖諸家詩感其所遇之不幸世或以其家諸評咲以聚諸㡯夫豈大節無虧以德比入可耳

二十八日晴

二十九日晴

宗璜寄文四篇屬為痛改之寄還

六月初一日晴

頌臣自都回來見

初二日晴

九弟來以君子錄科文書寄都

初三日晴

菊耦生日九弟來飲酒頗酣得樂山書寄省三書

王文韶督滇郎友濂撫湘官浙人也

初四日晴

晚承詩來談

初五日晴

洪翰香午前來章碩氏午後來過晦若一談

放翁入蜀記載坡公以姑熟十詠非太白詩載曰十詠及歸來乎笑矣乎僧伽歌懷素草堂歌太白舊集本無之宋次道再編時貪多務得之過也此說王琦注載之

初六日卯雷夜雨

昨日買得范質公小像一幅有董文敏陳眉公兩題晚薛叔耘來時充英
使朝全刻全謝山七校水經注說文成

初七日晴

午後頌良來辭行與談往事感觸良多有以神龍蘭亭贈合肥者後有翁跋與蓟耦相玩許久

初八日陰雨

雨中與蓟耦閒談因思塞上息[illegible]枯坐時不禁憮然

初九日晴

過仲彭

初十日晴

嶭三來辭行

十一日晴

仲彭小病与合肥夜話良久

十二日酉刻快雨

田淑人忌日偕婦子設祀作九弟書

十三日雨後新涼可御袷衣

陳觀虞因知文職來自浙中伯平弟也

湛淵靜語眉州蘇先生杲者泉之祖輕財好施急人之急救之若不及

歲凶賣田振濟其鄉里逮秋熟人將償之終憐其窶辭不受久致

破業瓦於飢寒並未嘗以為悔而好施益甚後三蘇以文章名天下業

蘇詩注莫詳於王文誥之總案乃失此事錄之以見眉山之積累

十四日晴仍涼

黃公度來時隨薛叔耘出使附寄于峨書闈明日有揩差作要圖

書三帋

十五日午後急雨一陣

李蕡臣來

十六日晴

寄八弟書復陳伯平書讀三國志孔明好為梁父吟西溪叢話引張平

子四悲詩欲往徒之梁文巘以爲憂讒之作旨哉言乎

十七日晴

時報中有璧谷氏者擬余爲陸立夫何根雲評之曰誤國殃民傷天害理夫誤國何敢辭下六字則非其罪也此蓋不逞之徒造言以惑其意以害入多聞時報借此傾之耳可笑可鄙余豈畏害人哉

仲彭猶未愈洋醫西醫之藥不甚投以其不效急也天津中醫更無先手

昔人以良醫於良相衡並論謂中國之不求實際莫過於醫理一事

十八日夜雨

十九日晴向晚微雨旋止連日入伏迤似清秋

二十日晴

得安圃書始嘗以內人書此浮瓜沈李硯南皮朗月同乘並載為要樂也

回憶去年成所及期寄居京邸慨然不已昔之平種五色瓜乃蕭相之客

植余荒拓何處青門並於合肥之宜則視吳陵之平為更臨所為闌

香萬本為我所疇可也

廿一日晴

得八弟書蚕辭濮院蘼屬元濮允中字樂閒居此嘉興府屬也作書

復之勉以謹慎

二十二日晴

得朱亮生書以銀八百兩見寄作書還之並具人有始終視譯三之詭詐不啻霄壤也

二十三日雨

雅賓典陝西試過此詩以作周旋

二十四日晴晚微雨

仲彭病少愈夜爲裴令藥所誤後用洋醫一藥之救中國上無人焉可恨可恥

二十五日晴

李鐵林之子嘉蔭字少華來見因采買科場物件來津

二十六日晴午後急雨

夜似感寒得酒而解

二十七日晴 神彭愈

覃谿有寶蘇室因得蘇嵩陽帖又得施顧注宋槧殘本也其記云宋

牧仲摹蘇像而侍其旁並未嘗名齋也蔣椒存亦得蘇像倩王蓬

臺圖之始有蘇齋之目夫覃谿寶蘇如此知一時崇仰矣乃又自名蘇

米齋猶彼宋之人亦不如蘇此猶論史者之論也宋之書亦不如蘇此則

論書者之論也然則覃谿固未知蘇者耳

二十八日晴

萬壽節也与晦若承詩少談得吉電杭祥仁趾書

二十九日夜雨

三十日晴頗涼

得八弟書初一赴漢院差

閱江陵集儘有痛快處

七月初一日晴陰雲時起急雨驟来至夜則繁星滿天矣

叔倫朝考第七以知縣用南皮應試其業師張樹卓孝廉鍾華與之

偕行頗有議論其言楷官誤人子弟切中時弊未可以老生常談

忽之

初二日晴亢熱入夜尤甚

叔倫來辭行王卅日南來鄉試時舊僕也寄安圃書

初三日晴

得子壽丈書余自塞上歸先後寄子壽三書未之復也後屢於合肥坐中傷余合肥強余及促余余不顧乃責以情甚之至是始以書來壽丈內有若輩襟抱亦如是不足教矣

初四日晴

繼祖妣靳太淑人忌日設祀

陸士衡連珠烈火流金不能焚景沈寒凝海不能結風此全昧於物理者

氣与金不類海与風亦不類且況寒正風所為而春之鮮凍亦風所為語風之說太為無理然以之自處則為至大所流者亦金而金之質究不能抵為況寒所凝者海而海之水究不能結流与凝其近而不能抵不能結者其性也故至大抵金而金之質愈堅況寒凝海而海之大愈大若氣則火之源風則寒之源能制物而不為物制者也

初五日晴

胡雲楣以王闓運所著管子地員篇校證見示雖偶有發明而嚮刻太少近中頗有一二可采校閱竟日

初六日晴午後微雨

先君忌日與姊子晳明致祭　先人與　傅相患難之交申以昏姻之好

絜誠從事焉　惟其來棲當之碩而樂之也山居將成　傅相師允

為書相致書屋額懸之新齋以揚　先人識子之意

初七日晴

晏圃初三引見補兵科給事中　陳叔嚴墨蹟回關過此以後得再同書

午後得九弟書

初八日晴熱甚

得省三復書

初九日晴仍熱如昨

初十日晴仍熱

洪翰香來辭行入都應試寄安圃書

十一日大雨居然秋矣是日立秋也

十二日晴

齋中素心蘭雨後忽發兩枝娟秀可愛余得句云散朗謝庭生道韞芳菲湘水聲靈均得陳伯階書季士周過談服闋入都

是日筱文調粵督香公調鄂督以鐵路也

十三日晴

得宗湘文書

十四日晴

松椿升漕督裕長調直藩得安圃書

十五日晴午後雲生似墨雨急如繩

十六日雨

復安圃書

十七日晴夜急雨一陣

翁同龢乞假兩月南隸徐桐署户部尚書

十八日晴晨雨晚亦雨

晚過李桐蓀少談復子遹書昨有書來言張主人病需補凡

十九日晴

翁叔平前輩來晚合肥邀于晦若劉承詩潘伯述宴之

二十日晴

至春元棧河干答翁尚書踈閔袁子久之喪之病已三年矣

二十一日晴

往吊子久晤貫已未刻王壬秋辭行將游蘇州桐庵應試解館

二十二日晴

趙惺庵張巽之均來

二十三日晴

李黃臣来談寄安圖書以徵物寄視 董太淑人永詩来談敬田蘇時

母

二十四日晴

答其之

二十五日晨雨斷流

永詩来談 合肥代延宋通判 屠山權館改 一字子泉六安州庠生

二十六日晴

宋子泉到館得安圖書

二十七日晴

二十八日晴

葉鞠常來（昌熾，本科庶吉士） 得再同書並寄明本管子（十行無注，非兼本） 午後同晦若

往送壬秋

二十九日晴

曹蓋臣來談言閩浙改降田事甚有奇計 史恩培赴山東來見

午後九弟來

八月初一日晴

盛道宣懷自煙台來 復宗湘文書

初二日晴

省三寄銀二千助子久之喪交黃〻同年轉送

初三日晴

呂庭芷前輩來時暫署天津道袁世廉借朝鮮來未見

初四日晴

得安圃書

初五日急雨一陣仍未涼爽

午後袁世廉來乃駐朝鮮使臣袁世凱之兄也

初六日晴陰相間

九弟來談晚飯後始去

初七日晴

至紫竹林一游 晚誼卿來送其婦柩回蘇

初八日晴

誼卿來 午後答誼卿 得柳門書 並寄粤中書帕 由鄉林甚精緻 令

幸假公生日可以開之

初九日晴

誼卿午後來談 至莫公肥招同趙惺庵張遜之便酌

初十日晴涼

李菁臣來談 寄復伯潛書

十一日晴

得伯潛書

十二日急雨一二陣

何孟麟陳雨人兩進士來一四川知縣一工部主事都察院筆帖式文達遷湖北蒲圻縣來見李漢春來兩目稍愈復黃子壽丈書

十三日晴

蘇福自都回得再同安圃書

十四日晴

顧廷一來見午後曹价人樾藩過津來謁乃謹堂之從子也今

筆改庶吉士

十五日晴

漢春來談晚過晦若永詩雜話

十六日晴

唐沅甫鑑見出都張蔭青劉蔚林同來見

宋本管子有楊忱序不得其人本末偶閱夷堅丙志第三卷

記楊抽馬事時蜀州司理為楊忱或即其人成都人未難其叔計似成都人

其屬從兄弟從諸氏望於諸秦建同類試中選與士族也

十七日晴晚忽陰雲迅雷急雨既而澄霽微收月光仍吐一天豁

真無所不有也

朱雲甫吉士錦來見薩鎮冰威遠管駕署游擊菊伯潛齋武英殿

叢書兩篋全復袁偉卿書

初四日晴
過晦若承詩小坐午後九弟來

初五日晴
送子久喪赴涿州午後寄盈園書並致新吾一緘

初六日晴
承詩來談劉獻夫亦至

初七日晴
得戴之書

初八日晴

何虹如世兄亮采以布經歷指廣東過此來謁鐵生前輩尚有五子長亮標選雲南通海縣一在廣東分局一在陳以舟文案一在揚州無讀書能嗣述者矣殊可傷也王楓行自宣府來

重陽日晴

憶內人煮酒持螯甚樂忽思及寒塞上悵然夜保頤自臺灣來一宿

九弟書

初十日陰天頗燥有風雨意

十一日陰

李子丹自都來何文龍選雲南通海縣過此較其弟諳練世

故美十也復八弟字五書陳伯平書

十二日晴

得宗三書

十三日晴

十四日晴

獻夫来談

二十三日晴
黃翰青太守佐節幕十餘年忽以霍亂譫劇二日而卒
名文煦浙人也
二十四日晴
得安圃書
二十五日夜雨
往拜瞿棋菴課兒子讓朱存乞假入都李春木事二許之
寄瀾師書
二十六日大風

寄省三書

二十七日晴頗寒御綿衣

沈子梅能希辭次申華培兩龍察先後來與二叔父及華庭

先均有世誼其父同官江蘇也辭乃新吾之內弟申刻延瞿

眉蓀明經瞻奎課兩兒讀拈李黃臣語之飲欲省心而心愈

擾欲省事而事愈多學之不能黃老故也

二十八日晴

唐沅圃來辭行出弔章翰青順道答辭唐而返得宜卿書以親老

不出深可羨佩吳明遠家樂誼卿有田可耕有書可讀出處自由非

清卿之躁熱者壬戌刑部人亦不及也朱瀓伯來談

二十九日晴

過梅花劉獻夫及其子更新甘肅隴西人丙子舉人均來

十月朔日晴

九弟來夜過繹棋庵談

初二日晴

九弟來

初三日晴

黃花農葉子晉同來

初四日晴

唐提督仁廉來午後九弟來將赴都引見

初五日大風

九弟阻風不能行邀之來話至莫始去風猶未止也

初六日晴

夜遣瞿朗亭談瞿久於江西話伯潛視學江西時瑣事迥不猶人闇師亦嘗言之此才終棄殊可惜也

初七日晴

來使回得安姪書

初八日晴

校管子地員篇以王紹蘭地員校證對勘

初九日晴

夜來忽患霍亂質明始愈

初十日風陰

慈聖萬壽節 得王豐鎬書論夏師家事過海若談靜坐

閱香山詩一卷

十一日雪甚寒

十二日雪止天仍陰晦

見劉永詩檣望洲言江蘇秋霖積卅六日未晴稻將穫而中毀轉
豐為歉浙江水患尤甚聞湖北江西亦並東南財賦之區忽罹此
異不知關心民瘼者何以策之也

十三日陰夜霧

得伯潛書言船局所造鋼甲船到滬機器損壞折回云近海口者
奏准南琛海軍乎明節制矣

十四日陰

得八弟兩書以小像寄之

十五日曉晴旋陰

十六日陰

夜讀山谷詩一卷

十七日晴

汪管平地貸蕭五音五日不了了今始豁然

十八日晴

洪翰香來夜偕米九香至鄰中一談得安圖書

十九日晴

得子峨書並寄燕窩一匣櫞十枚迴思塞上同患不禁悵然

二十日晴

柯欣榮来于峨寄書郵直隸候補道此午刻陳覲虞司馬文璣来自大同

二十一日晴

得九弟書

二十二日晴

二十三日晴

寄復何于峨書

二十四日陰

得八弟書附載之一紙

二十五日晴

二十六日晴

二十七日晴

二十八日晴

二十九日晴

十一月初一日晴

初二日陰

初三日晴午後大風作雪不成得吳清卿書

初四日晴

晏圃自都來留宿齋中

初五日晴

初六日晴

楊順回都寄九弟書再同初二嫁女作書寄衣料錢甫

賀之劉稚賓來

初七日晴

初八日晴

得趙菁衫書並王田蔚性甫孝廉式瑾玉園山房輯佚書

跋

初九日晴
寄九弟書午後答雅賓
初十日晴
劉獻夫來談
十一日有風
晏園回里顧廷一來午後得誼卿書華蓋來晤
十二日晴
復誼卿書又寄八弟書
十三日晴

答華蓋

十四日陰夜見月

華蓋來留之茶果同是天涯淪落人此之謂也

十五日晴

以浙表寄伯潛安姪自里還華蓋來話說西藏事可嘅

十六日晴

與晦若略談

十七日晴

華蓋來夜與合肥師安姪夜話聞李漢春亥刻病歿

合肥許以全唐文見賜
十八日陰夜微雪
安圃回京
十九日大風天已放晴
二十日晴
梅若欲見華蓋約之來談甚暢先是升泰論藏事以為由蜀徑
贊西藏不如由隴青海邊藏道極平坦非打箭鑪節節陰峻比
梅若以詢華蓋華蓋云不然藏多蜀商蜀官隴賈不如仍
舊且言俄人窺藏必由葉爾羌邊阿里以抵後藏不由前藏

也呼廟堂諸公豈憂歲哉

二十一日晴

得九弟書引見後事須匝月後可出都矣

二十二日晴

出答鄧崧東劉雅賓及華蓋均投刺而已

二十三日晴

華蓋來談以余相待甚誠漸露意相欲請合肥兼籌時準回衛藏

二十四日晴

諸長公重實則今日時勢豈復能行相与慨歎而已

楊瑞生来見會昌集久不得於全唐文中衛公文讀之甚爲悲
論史之作半爲身世而發太著痕迹不蹈諸言文字之禍幸矣
二十五日晴
華蓋來蘇行夜得電抄樂山授察哈爾都統鄂不難處如此
作隷計頗得葉志超簡直隸提督
二十六日晴 得高陽書
二十七日晴
九弟自都回得安姪書
二十八日晴

複安姪書夜又得安姪書寄復吳清卿 河靖書

二十九日冬至晴

過九弟一談與樂山陔蔡眾有電候之夜得復音就余宅行止殊可念

出

十二月初一日晴午後陰夜雪

吉雲帆來談

初二日雪霽

寄安姪書以百金賀康世兄樂秋借撣屋錄閱見前後錄閱之竟

日

初三日晴

答吉雲帆

初四日晴

復高崗書以食物數種寄之

初五日晴

得安姪書晚得省三書於合肥師書函篋中檢得宋封雲澤

偵粉墨迹一通後有吳荷屋跋似可存者

初六日晴

李實臣來終日在蘭駢館與菊耦評書讀畫以黃尊古為叟曾

司補米南宮瀟湘溪山圖為冠丁南羽渡水羅漢次之書以石庵臨蘇

卷子為冠

初七日晴

閱梅瞿山繪宣城山水廿六幅畫院匠羅衆有題識以類上添毫文人

之畫高士之畫散畫師之畫分別在此而蔚藹披玩竟日如作敬亭

之游

初八日晴

吉雲帆陳序東來得安姪書又廣渠秋書安圖並寄慶內二方

初九日晴

潘于靜劉獻夫先後來午後閱畫惲南田趙松仙侶一幅精美
無倫初十以後詳行記

廿四日酉刻歸署
遣人以冰鮮鮰魚送都中親知

廿五日晴
楊瑞生來寄九弟書

廿六日晴
于晦若朱澂伯均來得九弟兩書又得八弟書寄五十金為九
弟卒歲需

廿七日晴

寄八弟書商寶劉處姻事今年自三岔河以至海口水不結冰為近廿年所未有殊可慮也永詩來談

廿八日晴大雪

蔣春圃得盎圖書寄高陽師一圖樂山書來以汝武秩未便乞退以少與養竟非虛聲之士所能及真得吾文剛正之傳可敬之至

廿九日雪霽

過晦若談

三十日晴

今年作寓公快甚然猶四行後仍常人也學則無所進益近於

坐荒歲抄縮首可愧

于州堂石影

蘭駢館日記

光緒十六年正月初一日晴

祀祖迎神祥光滿室華蓋自都來得高陽師書廿三日蒙

慈聖賜福壽字及八百長春御畫眷念老臣聞之甚慰

初二日晴

洪翰香朱久香來華蓋復至晦若同話

初三日晴

答華蓋過晦若

初四日晴

夜梅若容民來話

初五日晴

華蓋來寄安圖書

初六日陰

華蓋來別縱論新疆事宜嘆於淚下老驥伏櫪志在千里此君之謂歟

初七日陰夜星見

閱夏正考一卷乃胡氏時著刻於武訓堂叢書中

初八日昨夜小雪辰刻復霽

作復金樂山書夜閱禪屋餘話卷

初九日晴　大弟來

初十日晴

閱館李黃三來申刻勞迎宣過談近著等韻一得孤芳迎當字

玉初以淶水清賦竹詩框亦雅須仝

十一日晴

得樂山書永詩來話

十二日晴

復高陽師及樂山書

十三日晴試鐙

十四日晴

十五日晴

寄高陽及安圃書午後過晦若暢談借杜樊川集閱之馮鷺庭注本

十六日晴

合肥宴客以家釀與蔥藕以酌月影清園花香搖曳酒亦微醺矣夜閱揮麈錄一卷

十七日陰有風

永詩來話閱葉夢得避暑錄如行荊棘中閱曲洧舊聞則如康
莊坦途矣言爲心聲信然士大夫何甚而遽作疑似之說以誣賢者
而媚權奸卒之公論難掩而身敗隨所附而並滅使後人目爲
邪佞亦可憐之甚於夢得憐之而非惡之也

十八日晴
閱康人小集無所得作致安圃書

十九日晴

二十日陰有風甚寒
至書局一游買隨園三十種而歸此皆先時所閱久不見此書

矣得安姪書

二十一日晴

袁清泉世康來見

廿二日晴

廿三日晴

潘子靜來

廿四日晴午後陰

香濤前輩督粵所信任者多才士浙江王存善四川王秉恩大司文案粵人謂之二王全是為湘玉岱所劾並褫職吳清卿以毋

病情急旋得豫電已聞訃星奔矣

廿五日晴

陳伯平調大名府以大名國守鈞迴避藩司也伯平嘗論王樹文

獄豫撫因之左遷既而當塗開府山右伯平與危甚移官模明

若有天焉君子益可以俟命矣

廿六日晴

皇上二旬慶典加恩宗親內廷勳舊有差

廿七日雨夜微霰

得樊雲門書在鄂督幕中

廿八日晴

閱邸抄知筱帆調肇慶

廿九日晴

曾蕃臣總督來談

二月初一日晴

張樸臣知州來談知蘭軒師尚未葬為之悄然午後答樸丈

及蕃臣得八弟書

二月初二日晴

棋廣鮮館

初三日晴

得安圃書並延王豳臣來名棣乙酉孝廉王俞亭所薦

初四日晴

王豳臣開館

初五日晴

菊耦小有不適煮藥煮茶賭棊讀画聊為遣興

初六日陰

初七日陰

初八日晴

劉景氏入都過此河督奏簡人猾者々畺吏失任々藩司均無臣

焉世道々如此可慨也亦見邸之

初九日晨急雪旋霽

河督々授許振禕

初十日晴

十一日晴

晨發答瞿樸庵賦作致章頌民一書得安姪書

十二日晴

寄王廉生一書以圖章三方交胥山人倫刻之並復安姪一緘附之交相

并午後八弟書來言其小女多多病殊可念也再回書來又生一

子

十二日晴

午後李質臣來程棋巖田陞就碩民館辭行

十四日晴

夜閱陶詩乃莫子偲所翻宋本陶詩極慕田子泰而集為陽

子列所編何與吾里人有緣耶

十五日晴

復再同書

十六日晴

午後過陳容民居時容民患咯血

十七日晴

花農来寄八弟安圃書為何聿果評文數篇均不佳

十八日晴

王省山茂才欲刻壽人師時文乞余為序不忍拒之昨於州署又

筆墨枯大似江郎才盡矣二序寄五日旋里遞書師之次子元耀致矣

十九日晴

二十日晴

盛道甫自東海來 九弟由蘆至

二十一日晴晨有微霰夜有狂風 得高陽書

二十二日晴

寄潤民師書並陳春麓詩識小錄一部

二十三日陰

買甌北全集一部未暇閱也 劉碩廷一來

二十四日晴

永詩來談

二十五日晴

合肥因難　陵差入都　午後過永詩略話寄高陽書

二十六日晴

陳仲勉攜其子樾鼎来 字徵宇 己丑泰有解元 得伯潛書並送橘煮餻

二十七日晴有風

至春元棧答仲勉　午後永詩来談滬上買癸巳類稿閱之

二十八日晴

李襄廷孝廉自蕪湖来 合肥之姪 洪翰香目母病乞假歸省

二十九日陰薄莫微雨

永詩来辭行入都　得江甯雷未于清於廿六日去世為之悵然　又得侍安

圖書汝初四日啓程林大令隆平本名宗闓曾充學堂監督大挑來北河伯

滑書來屬余一見姑進之晚得梅若通州書知余船於二十日入城

二十日晴

料撿書籍有溫故知新之意而終日玩愒歲月堂堂可惜也

蘭駢館日記

光緒十六年閏二月朔日晴

湯伯述來以其祖文端公手錄五經索題

初二日夜雨

子涵由都來赴金陵獻夫過話復八弟書並為陸海馬少蔡秀才題百石圖二絕明日有包封入都復梅若一函

初三日晴

答子涵結一廬藏書目在子清處恐遂散佚商令子涵携歸恐不能辦也為之悵然歸繞道看容氏疾

初四日晴

午後沈丹曾來言伯潛在鄉設同利局織布局以惠貧民是亦荒政也胡守三直牧傳過談琴生舊交清勤故吏乃都門見言嘗赴瓊崖極言馮萃亭雖黎匪之深入無實及徐廣
陞之狠戾好殺

初五日晴

寄復伯潛書夏壽人師之孫昌祚宏祚因幼伋以簡來備脯貲之

初六日晴

得新吾書即復之

偶閱顔魯公集得元次山墓誌知新唐次山傳實取資於此惟敘其世系顔誌云高祖善偉皇朝尚書都官郎中常山郡公曾祖仁基襲信令襲常山公祖利貞霍王府參軍隨鎮改襄州父延祖清淨恬儉歷魏城主簿延唐丞思聞機自引去以魯縣商餘山多靈藥遂家焉及沒門人諡曰太先生唐書襲信作寧塞令而不敘其高祖作云襲常山公而亡似未明曰利貞作亨字利貞霍王元軌府參軍事而未云隨鎮改襄州延祖作云再調舂陵丞而不敘其從家商餘後歸次山自輝作云少居商餘山未及顔之文少事明也次山事則傳詳於誌殆取諸其文集耳

庚寅

初七日晴

得安圃書知改期十一出都

舊唐書魯公傳時太廟爲賊所毀真卿奏曰春秋時新宮災魯成公三日哭今太廟既爲盜毀請築壇于野皇帝東向哭然後遣使竟不能從軍國之事知無不言爲宰相所忌出爲同州刺史新書則云真卿建言太廟爲賊毀請築壇東向哭然後宰相厭其言出爲馮翊太守集載馮翊謝表批答謂其事乖執法情未滅私是魯公之出爲相所忌以言事新書刪節其文竟以建議築壇請哭遭貶矣

初八日晴

梁詩五孝廉虎寶來何子峨容子峨疎竟未相見也詢鑄香近況
知方集署惠州本鐵香所鄙夷曾入彈章目爲講席世路偪
仄如此二三知好每勸余以書院爲退步殊未知近日官途之險士氣
之衰如擁蓮池舉此席集之臭味即不可耐矣
張燕公集王方翼碑嘗猶行夜入有怖人長文直來趣逼射而仆
烏乃栢木也此擬史記李廣射石事而敘法不恢恢及

初九日陰

蘇雲巢大使自浙來嘗充閩督文案與呂庭芷相唱章煥之茂才
辭行回蘭谿湯伯述來談得八弟書

梁氏玉繩史記志疑一書讀史者極稱之然亦有疑所不必疑者如衛世家莊公五年取齊女為夫人好而無子梁氏曰取齊女何以在五年耒確按碩人詩明曰衛侯之妻其為即位後所娶可知春秋徵表娶三年謀閒至四年始聞又五年始娶碩人詩說于農郊娶以春時若在四年之春昏禮豈能盡備如史公可謂善說詩者也又桓公二年弟州吁驕奢桓公絀之州吁出奔十三年鄭伯弟段攻其兄不勝亡而州吁求與之友十六年州吁收聚衛亡人以襲殺桓公州吁自立為衛君為鄭伯段欲伐鄭請宋陳蔡與俱三國皆許梁氏曰傳無出奔反襲之事州吁左段亦未知何據伐鄭修怨為叔段乎哉按此說左氏史公所據不盡左氏此史公所見

左氏皆古文尚存可驗之先安能據今所見之左氏以疑史哉即以左氏傳證之太叔出奔共之實注共國名杜注今汲郡共縣其地近衛又云鄭共叔之亂公孫滑出奔衛衛人為之伐鄭取廩延鄭人以王師虢師伐衛南鄙州吁脩怨即脩此怨其為叔段無疑而共叔之子在衛近國州吁與之氣類相同亦友之意中事此正可以史為左之旁證又何疑焉

初十日晴

何工舍壽嵩曲林西來辭還大埔

漢上谷郡之軍都縣讀為渾史記絳侯世家屠渾都正作渾說文渾混流聲也一曰洿下貌溫餘水東至路南入沽此地為洿下之水都耳

十一日陰有風

復八弟書九弟由蘆台來津

全謝山鮚埼亭集外編賈子新書跋云太史公言漢文帝雅器太傅將任以公卿之位大臣多不之喜遂以年少初學毀之予竊以為絳灌當時賢臣不應至此致應仲遠風俗通是時大中大夫鄧通有寵於帝太傅與之同列獨不為禮恨而擠之因漸見疏此條太傅立朝大節太史公及交其孫乃不為之表章可謂疏漏史稱鄧通不過自謹其身絕無他能觀仲遠所言亦多長矣隨園隨筆載汪韓門之說則深不以應劭為然眼謂鄧甘黃頭郎至上大夫漢書雖不具載其年月而寄生人

家則在景帝時其頭貴應在文帝末年賈生以文帝十二年卒鄧貴頭時賈生之死久矣梁氏玉繩調停其閒謂史云絳灌東陽侯馮敬之屬盡害之下一儒字通在其中或辨鄧通不與賈生同時者非是祖全而排注也然注說本未盡明案史記申屠嘉傳嘉為丞相是時太中大夫鄧通方隆愛幸賞賜累巨萬丞相入朝通居上傍有怠慢之禮嘉為檄召通詣丞相府頓首出血嘉為相五歲文帝崩據漢書百官表則後二年八月嘉為相也史稱通方隆愛幸度其由黃頭至太中大夫不久距賈生之卒已六年距賈生之為長沙傅則十六年矣安得謂賈生與鄧同時應氏徒以兩人皆為太中大夫附會其說謝山乃據以責史公之疏漏夫史公之文

子世掌史其於文集之世耳目相接頎以後數百年之遠欲以單詞翻案

耶謝山以史學鳴此論吾不敢也

十二日晴

潘子靜胡芸楣劉獻夫相次來芸楣贈范文忠集一部譚莫九

弟來少坐即去

十三日陰

購惲子居集閱之

十四日晴午後陰微雨

安圃挈眷赴任過此小泊夜與九弟安圃同飯話別兩兒及戚愷兩

從孫侍飲袁爽秋寄其詩集閱之頗雅

十五日晴

陳叔毅來伯潛寄小像及書許豫生校官貞幹至亦伯潛客也

安圃行時再同作詩送之並及鄣人其詩頗佳並錄之以待和湘

南嶽立嶙青蒼木与天心管喉舌猶堪山嶽立鎮湘靴張于湖臨桂七星山棲霞洞題句也桂勝令堪懷明

王駱越鼓殘埋戰壘龍編専古訪蠻鄉宦閒未与詞臣異政

簡翻知陳職忙我殺稱康嫿日甚稍思氣味竹林長張鳴鳳

字羽王豐城人明嘉靖舉人官桂林通判所著桂勝十六卷桂故八

卷以明人姓字書名入律章駢家喜用之余未畢守之子並爍其

非正佳眠處也是日九弟婦二姪婦均來

十六日晴

昨夜已就枕忽先登寺不戒於火延入許姓高樓適道署東牆樓擾竟夕安圍亦移舟避之晨起安姪來同飯九弟辭行遂同舟至紫竹林話別片時送者雜至亥刻始返

十七日晴

弟姪挈眷乘新裕南行晚潮出口

偶記魯論子夏之門人問交於子張一章不禁慨然史記儒林傳孔子卒後子路居衛子張居陳澹臺子羽居楚子夏居西河子貢終於齊其時

羣賢四散雖儒術爭鳴已有各尊所聞各行所知分門別户之勢荀子非十二子篇弟佗其冠衶禫其辭禹行而舜趨是子張氏之賤儒也正其衣冠齊其顔色嗛然而終日不言是子夏氏之賤儒也韓子顯學篇八儒有子張之儒子思之儒顔氏之儒孟氏之儒漆雕氏之儒仲良氏之儒孫氏之儒樂正氏之儒在當時子張氏之學與子夏並顯迄由戰國至漢武時詩則若高行子若曾申皆子夏之傳公羊疏引戴宏序曰子夏傳與公羊高穀梁疏亦稱赤受經於子夏論語則康成云仲弓子夏等所撰定亦雅亡或言子夏所足而子張之學寂無所聞由子張言之蓋若子夏狹隘不如其能衆賢人才廣延氣類而卓之縣歷

庚寅

人雅言之緒在此不在彼惟其汰擇可否於先斯能成就英奇於後

廣受者可以進矣由此觀之天下經行貴於文脩今之稍通訓故而不

矜細行者必非學人也

十八日晴

黃花農來宗子戴自常熟會試入都得湘文書

史公孟荀列傳最有見儒林傳申其意曰咸宣之際孟子荀卿之列咸

遵夫子之業而潤色之其自序傳曰獵儒墨之遺文明禮義之統絕

惠王利端列往世興衰作孟子荀卿列傳極為鄭重而梁氏玉繩史記

志疑渫渫以以孟荀並列為非眼孔太小矣荀卿傳經之功近已得汪容

甫表彰正司馬氏所謂獵儒墨之遺文也孟子之功不在禹下正司馬氏所謂明禮義之統紀也宋儒目孟子一派衍出漢儒目荀子一派衍出何可偏廢哉

十九日晴

得子涵書即寄都屬

漢孝文本好刑名之言史記著之儒林傳最為微妙而梁曜北以為不可解非也觀文紀如除收孥諸相坐律令則詔曰朕聞法正則民慤罪當則民從遣列侯之國則曰朕聞古者諸侯建國各守其地日食詔則曰朕聞天生蒸民為之置君以養治之除肉刑詔則曰蓋聞有虞之時畫

衣冠異章服以為僇而民不犯至治也蓋皆名家諸論且其天資亦近於
刻如淮南大布之謠絳侯讀背之獄一爰第一功臣於法絶患如此不稍薄賜
新垣平兩事也所特貸者為賈生為鼂錯正史公所謂明申商者惟
其學術同歸君臣易於契合耳或謂賈生非申商此亦淺見觀其
所上書皆正名明法之說而不傷殘忍者則莫如論淮南一書以白公比
淮南四子夫文帝封厲王四子乃補過之義機亦親親之至公誼而賈生乃
為此言雖若杜漸防微實則閒親逢惡亢其量親子之外親兄弟
子均不當優以大國授以要地矣無怪乎唐太宗之盡誅建成元吉諸子
宋太宗之迫死德昭耳班書乃以淮南子兩國亦反誅神賈生之先見則

大不並大文帝之世賈生已為此言景帝刻覈非勃之貞信著明及無全理安與賜之獄一成於伍被一成於子爽其時孝武雄猜法令嚴酷何足為據其禍實萌於生之一言賈死非不幸也

二十日晴有風

得晦若書李子丹自都來談一刻許得京信

讀潛研堂集有與戴東原書謂宣城能用西學江氏則為西人所用語極透闢從韻樓所刻戴集無復書蓋不能復也段茂堂所作詩經韻譜及尚書今古文疏證辛楣先生亦有書規之段不能平也於作東原年譜中識之辛楣云東原言辛楣五禮通

故中說話多有佀是處余以為辛楣先生人品學術豈出戴段所能輕重耶潛研書有靜穆之氣若膺則無處不有叫囂之氣可以覘其養矣潛研文集乃若膺序極為推服非段與錢不平直來戴偏强耳

二十日晴

吳觀察廷琛來談長於治河據云曾事李勇毅見胡文忠午後答雲楣獻夫獻夫留晚飯見其次子更壽字錫眉余代行集賢山長兩課生均為列

晉書別本一百三十卷明蔣之翹撰嘉禾獻徵錄稱其有晉書註二百三十卷即此書也四庫列入存目與茅國縉晉史刪郭倫晉記

同譏使蔣氏當日輯而爲注轉無紕繆可議矣

二十二日晴

得高陽日澗書

侯朝宗作王猛論以猛無殉告苻堅謂晉正統相承上下輯睦非所可圖願無以晉爲念自推猛以秦存晉爲識大義余觀朝宗此論真書生之論也猛之言注意於鮮卑羌虜終爲人患請漸除之以便社稷衡量情勢苻秦本不當空國圖南致一敗之後慕容姚氏趁而相乘猛之此言爲秦謀實爲晉謀哉況景略歿後其子曜與其孫鎮惡隸晉安知不粉飾其詞訣與千以彰其祖父之先見斯言

虛實未可知侯氏乃據以定論亦疏矣彼生明季親見三王之一綫尚延作此論以諷貳臣之在　本朝者耳然國不能自存而望敵國謀臣推為正朔冀存血食亦可恥而可悲矣吁

二十三日晴

得子涵書知已赴杭州

集賢書院以渝關賦命題諸生任據方輿紀要以渝關始見於隋不知漢志臨渝縣渝水首受白狼水東入塞外交黎縣渝水首受塞外南入海臨渝縣又有侯水北入渝水注大遼水注白狼水又東北出東流分為二水右水疑即渝水也渝水南流而東屈與一水會世名之曰檻倫水疑即地理志

志所謂侯水北入渝也十三州志侯水南入渝地理志言蓋自北而南也
本攷渝水見於地志水經而但以隋始立關為說可云數典忘祖沿流
令源矣今志但以瓦水為渝水亦非北方河道久失攷方輿紀要亦不了了道黃子壽先生所修者志於水道一門
尚未能脈脈絡分明也不知何人裒纂
他日當詢之再因

二十四日晴

內人及麓兒均病意緒紛然

二十五日晴

合肥回津

二十六日晴

婦子旬愈陳光文病王鄉臣會試入都于晦若回津頓廷一黃花農

旬來得八弟閏月十二日書

趙水經補泒水一篇云一清按水經本有泒水篇今失亡矣寰宇記定州安喜縣泒水下引水經注云泒水歷天井澤南流所播為澤俗名為天井淀初學記引水經注云定州泒水北流逕大核山大核山疑是大泒山之譌大泒山在今阜平縣西北五里其東又有小泒山以泒河所經得名說文泒水出雁門葰人戍夫山東北入海按山海經郭璞注今虖沱水出雁門鹵城縣南武夫山戍夫武夫皆泰戲之一名頓祖禹曰蓋以滹沱為即泒水也此說非是蓋泒水與虖沱同

出山耳滱水源見說文屋見本注其中所歷之道僅定州一語較之他篇夫脫尤甚段氏有水經無滱水一篇駮趙氏大致謂說文滱水即虖它之原水經無滱水所謂派河又曰派河尾乃言清淇漳洹滋易涞濡沽虖沱同歸於海淇水沽河兩篇經注僅並趙氏所引初學記寰宇記未可信余按若膺墨字戴氏致有此誤魏書道武紀皇始二年帝進軍新市賀驎退阻滱水依漸洳澤以自固甲戌帝臨其營戰於義臺塢大破之是魏時確有滱水之名不得云滱即虖它（道武紀上文虖它當作虖沱若滱即虖它何以全此改稱）寰宇記定州蒲陰縣滱水在縣西二十五里（孫刻元和郡縣志譌為派）安喜縣下引輿地志盧奴

庚寅

北臨滱水南面泒河杜預謂管仲城是也方輿紀要正定府屬阜平縣有泒河在縣北志云源發恒山經大泒小泒二山入行唐界亦南流注于虖沱定州下云泒河源出阜平西山舊由新樂縣流入州界今涸新樂縣下泒水縣西南十里舊自行唐縣流入境又東入定州界是直隸明有泒河說文泒水起鴈門葰人戍夫山東北入海按地理志葰人屬太原不屬鴈門續志鴈門亦無葰人縣魏志武紀建安十一年遼西單于蹋頓尤彊數入塞為害公將征之鑿渠自呼沲入泒水名平虜渠又從泃河口鑿入潞河名泉州渠以通海通鑑慕容廆追長孫肥至泒水胡注泒水在中山許書所云東北入海今水經注沽河篇所云沽河與清河合

東入於海清河者泒河尾也善長注云泒水又東南合清河今無水清淇
漳洹滱易涞濡沽虖沱同歸于海故經曰泒河尾也是善長時泒水之
經流已為虖沱所奪故以虖沱由此入海釋經泒河尾之意而泒与虖
沱漢分魏合之迹本自分明虖沱之源在泰戲山今山西繁峙縣漢志代
郡鹵城下虖池河東至參合入虖池別過郡九行千三百四十里并州川從
河東至文安入海過郡六行千三百七十里此与泒水之出葰人戍夫山似非一地
今一統志以葰人及鹵城均在繁峙縣似不確　趙阮雖合為一則當以泒水附虖沱而不必別出泒
水篇矣若泒即虖沱不知魏志所云鑿虖沱入泒水者為何水也續志
引作入汾大陵征鳥乃運道不經河東也　戴云泒河尾段釋以為諸河之

尾鑿哉

二十七日陰有風

陳容民辭行入都

畿輔安瀾志沙河古派水源出山西太原繁峙縣白坡頭業云與虖沱異源分流至祁州三岔口滙唐滋二河為豬龍河水道提綱虖沱北徑靜海西境與西北來之清水河合清水河即拒馬涞易滱唐之委滙也是今之派水尚與虖沱合趙河入海與水經略同段氏以安瀾志為王履泰竊取戴稿何於戴稿竟未究心而強改派水為派河又武斷以為派河即諸河也

元和郡縣志深州饒陽縣州理城晉魯口城也公孫泉叛司馬宣王征之鑿滹沱入泒水以運糧因築此城蓋滹沱有魯沱之名因号魯口後魏道武帝皇始三年車駕幸魯口即此城也滄州魯城縣下曰平魯渠在郡內魏武北伐匈奴開之大海在縣東九十里太平寰宇記深州饒陽下云饒陽縣即後魏虜渠口置虜口鎮於此餘与元和同滄州清池縣下云平虜渠在縣南二百步魏建安中於此穿平虜渠以通運漕北伐匈奴又築城在渠之左大海在縣東一十四里又云隋開皇十八年於西章武縣置魯城縣還取長蘆縣北平虜城為名仍改虜為魯者蓋惡改虜之字也杜佑通典饒陽滹沱河舊在縣南卽光

武所浚魏武因饒河故瀆決令北注新渠瀆所以在今縣北據魏志

公孫淵傳晉書宣紀無鑿渠事但云運船至遼口徑達城下此特循

魏武故運道耳其渠今在饒陽近於滄州之海清池縣證以水經淇

水注所兩注則泒水入海之迹甚明水經以清河合流者為泒河之尾是

知水經為三國人作酈注以清河北入平虜渠者謂即水經之泒河尾是知非魏

時平虜渠合泒入海之迹當與魏所穿渠之迹合故清河注平虜渠而泒在

其中所言清淇兩派亦在其中蓋以泒為正幹他水以泒為尾閭耳

二十八日陰

陳兆就愈李贊臣葉子晉均來

于艸堂石影

畿輔安瀾志有一重公案見段氏經韻樓集此書王履泰乃捐職
通判竊戴東原稿始方恪敏聘東原修此書稿未竣而恪
敏薨稿入代者周公元理手王乃周之婣也既而有何夢華者言
此書乃趙東潛作乃孔氏誤收入戴氏書段氏以趙書倍戴定
為趙創戴刪云趙一百三十二卷戴一百二卷王志五十六卷至張石洲先生則以東原
盜全校水經注及趙河渠書懸為世戒謂戴深殘趙書而於唐
河卷中附趙盧奴水者一篇曰杭州趙一清於地理之學甚核嘗
游定州為州牧姚立德作盧奴水考並附於右一似趙氏絕無與
於此書者作偽顯然可為鄙歎據此則東原已頃取於先王

褒秦以豪家奪於後王不足責東原何為此穿窬之行也今趙

戴兩書均不可見而王志亦未見精核姑志之俟與劉郭諸子語

何劭中興書鼎足而三也

二十九日陰有風

伯行自外洋還寄八弟書未封而得其十九日書及紈扇兩柄筆四

校得樂山本月十一日書并小像二

義山詩如馬嵬以佛雞馬牛同用前人已譏之矣可歎首秦宮赤鳳迎妃陳

王與梁家趙后並用之嫌重複隋宮日角天涯之對工而無乃硬湊而世皆以為

佳耳食而已

三月初一日陰有風

過瞻若瞿雲齋鄭子雲來

晉書宣紀魏武討孫權軍還權上表稱臣陳說天命魏武曰此兒欲踞吾著爐炭上耶荅曰漢運垂終殿下十分天下而有其九以服事之權之稱臣天人之意也虞夏殷周不以謙讓者畏天知命也案裴松之魏志注引魏略作陳羣桓階語上文方言仲達以漢運方微不欲廢節曹氏茲乃為此勸進之語果出仲達益證狼顧之為反相矣蓋晉書采此它甚無識

初二日晴

伯行入都

偶閱范文忠集及宋祖文北行日譜知吳橋友誼之篤其於亂太常則貸金為之完贓後集資為孤寡生計於黃伯安則為之作傳自言世道之交喪得一人維持交道可以不孤又云朋友一倫本至獨輕于世此所維係甚大其推崇宋之後如此自命可知矣公之大節婦孺皆知特記此一端以愧末俗

初三日晴

復高陽書脩禊日與閣人焚香瀹茗良久

初四日陰

得趙惺庵書

晉書羊祜傳祜父衜上黨太守祜蔡邕外孫又云祜前母孔融女生兄發北海有虎賁中郎之感而二女竟同適一人亦是佳話范書孔傳女年七歲亦為操所殺不知北海尚有女文姬有才無節而叔子之母以所生之子承與發俱病專心養發極有母道世但知文姬而不知中郎尚有女叔子之德能使南州墮淚而身沒之後帝命發子暨為嗣暨以父沒不得為人後不奉詔令暨弟伊為後又不奉詔暨伊雖有歉于叔子耶余疑叔子以與司馬子元為姻助晉背魏臣節攸乖暨伊不願後之或亦褚淵之子賁讓封意未可非也

庚寅

二五

豐潤張氏澗

初五日陰

李薇來得允言等書李貢臣過談

南齊書褚淵傳子賁服闋見世祖流涕不自勝上甚嘉之以為侍中領步兵校尉長史左民尚書散騎常侍秘書監不拜六年上表稱疾讓封與弟蓁世以為賁恨淵失節於宋室故不復仕南史謂賁常謝病在外上以民望之道諷令辭爵讓與弟蓁所居墓下業賁以父背袁粲等附高帝深執不同終身愧恨南史亦因則辭爵由於賁意不關帝之諷道也不得與蓁之躋爭審

初六日晴

孫毓汶許應騤貴恆沈源深典會試伯行以楊崇伊分校迴避不與

試

巡撫見於唐棠晋書劉公頌傳咸甯中詔頌與散騎郎白褒巡撫荊揚巡撫之名殆始於此謝安傳幽冀宜須總督總督之名殆於此

初七日晴

天津新設集賢書院試各省寓津之士講席由京官兼之頗形廢弛因道等堅請余為院長昔申公絀廢還教授自給王式罷徒歸不教授義各有當距論錢香事才一月也堅辭不獲姑就之脩俸甚薄居處不爭之地而生徒略有裁正亦成就後學之

義也合肥幕府徐敬齋壽朋來見司道畢即答之徐紹興人寄籍清苑陳子敬幕友應元鄭玉軒張椎野孫貫羽於洋務

初八日晴

鄒岱東前輩來

初九日晴

答司道府得九弟書

初十日雨

花香撲人麥事可想為之西展慰也

十一日霽

以鮮魚寄高陽師又作書寄充言等

晉書孫盛傳時丞相王導執政亮以元舅居外南蠻校尉陶稱讒構其間導亮頗懷疑貳盛密諫亮曰王公神情朗達常有世外之懷豈肯為凡人事耶此必佞邪之徒欲間內外耳亮納之余按觀此而知亮之殺稱為失刑矣傳附稱以南蠻校尉假節與諸弟不協咸康五年見亮亮大會吏佐責稱前後罪惡稱出亮使人於閣外收之棄市誣以他罪傾動王室其子罪不在不赦之列何取專斷蓋恐列之則導必救之其所

以必殺之者必稱自附於導故也亮本疑侃於前始忌導於後而稱以侃子為導黨取禍固宜更以讒構其間合混敘過及似稱構導於亮者轉若稱反覆傾險而亮之納要圖為雅重殺陶稱為果斷矣豈其然乎亮傳稱侃嘗欲舉兵廢導而郗鑒不從乃止正是亮又欲率眾黜導又以諮鑒而鑒又不許導傳南蠻校尉陶稱間說亮當舉兵內向或勸導密為之防導曰吾與元規休戚是同若來吾便幅巾還第復何懼哉又與稱書以為庾公國之元舅宜善事之於是讒間遂息時導以計責稱自全耳侃之為人決不肯稱兵廢導亮則實有忌導之心特為稱讒之於內又為鑒制之於外未可輕發遂殺稱以滅其迹耳亮書

鑿鑿稱之入告豈得目為憊憊之談哉理而出之句使陶校尉案
不忠不孝之名千古無人昭雪也
十二日晴
過晦若略話見示寫官為錄書件
晉書郭璞葛洪不入藝術傳隱逸傳直不可解景純為王敦所害
或以其大節特傳之稚川傳前日從祖吳時學道得仙號曰葛仙公求
世以為尸解得仙云此史臣無識真以為真仙耳可笑也
十三日晴
寄子涵書

七賢中阮籍最下顔光祿屛山王不屛阮乃以阮居嵇先實不可解

蓋其詩出於憂憤本非莊論虞預論阮籍裸袒比之伊川被髮猶

屬末減史傳稱其本有濟世志屬魏晉之際天下多故名士少有全

者由是不豫世事酣飲爲常並爲鄭沖作勸晉王牋晦從與客圍

棊留與決賭直一不悲不孝之人耳顔以辭猾解爲不懂世無許

爲己情真謬說也

十四日晴

李贊臣來九弟來電知已到粤

晉書忠義傳頗雜如王育爲振武將軍爲劉元海所執以爲太

傅初未死節乃目為杜育〻王傅宜不迎王攸攸怒之育執刀叱攸即

自為義大節已虧然以節矜意氣者能之乃至殺身成仁者並

傅矛

十五日晴 都中十四換涼帽津門則十五

得祥仁趾書容有話春明瑣事者閱之憮然

曹志乃陳思孽子史稱其篤行有大度余觀其傳志實無志齊王

攸將之國志恨其父不得志於魏目愴然歎曰安有如此之才如此之親

而遠出海隅晉其殆哉乃極論之帝覽議大怒策免太常鄭默

免志官以公還第夫志為魏之近屬而豫篡朝肖月之謀於晉

太忠在魏太恝是亦不可以已乎

十六日晴

十七日晴立夏

十八日晴

十九日晴

得八弟書作書復之頗覺語長心重

二十日陰夜雨

寄允言等書並致仲彭一帋

廿一日陰雨閉齋

二十二日晴

子涵自江甯來留之午飯于清七子家事頗費斟酌也

二十三日晴

陳容民由都回子涵回都

二十四日晴

二十五日晴

二十六日晴

二十七日晴

二十八日晴

昨日弼臣函久香同伴六至各出閱藝相示閱有以古注發揮

者放集解本性者人之所受以生天道者元亨日新之道李尋

傳賁以性與天道為易春秋後漢桓譚傳注引鄭注謂性為人受

血氣以生有賢愚吉凶天道七政變動之占潛研堂文集歷引

諸說謂性與天道乃是性合天道皇侃章偽為楊倞荀子哀

公篇注所引竟有以荀子知不務多務審其所知言不務多

務審其所謂分詮兩章者並以審其所謂指言性與天道

究不可為訓也

二十九日晴

三十日晴

詩作質非來答之

徐堅識曲江之文如輕縑素練實濟時用而窘邊幅撰要稱其感遇諸作神味超軼可為陳子昂方駕文筆宏博典實有垂紳正笏氣象堅以窘邊求之不足以為定論余謂堅識其文非識其詩也僕取曲江集玩之貶官以後詩尤見身分如郡中見鶴云遠集長江静肅翔霧馬稀何等超峻也乃傳其詠燕詩無心与物競鷹隼莫相猜句謂自解於李林甫何其以小人之腹測君子之心也

四月初一日陰雨爽甚

得安姪書今日登輪舟赴粵

初二日霽

得九弟書

初三日晴

初四日晴

至院舍一游

初五日晴

初六日晴

王楊盧駱當時體不廢江河萬古流四傑之名得若杜此作大為生色余尤取駱丞之詩如從軍中行路難帝京篇疇昔篇代女道士王靈妃贈道士李榮諸作均沈鬱頓挫乃太古之佳者少陵實胎息於此其五言律如望月云晚色依關近邊聲雜吹哀何等悲涼過故人任處士書齋云綢繆寃文亂荅漾復近殘何等真摯夕次蒲類津云山路猶南屬河源自北流晚風連朔氣新月照邊秋何等渾成早發諸暨云薄煙橫絕巘輕凍澀回湍何等細膩其品格在王楊盧之上討武后一檄凜凜正色足使牝雞晛首授五王彝其菴荒翅之以兵反正尤為光明磊落也

初七日晴

寄八弟書

初八日晴

初九日晴

合肥入都時恭邸寄其萃錦吟八冊見賜並屬題歌唐集內閣匏集唐人句為五律十六首應之孔毅父武仲集古人句贈東坡坡答之有曰千章萬句卒非我急走捉君應已遲唯詩中之戲幼非正格也荊公邀坡公集大研詩坡公卒亦曰項臣斷山谷坡非不能而終不為所見高矣

初十日晴
都城是日填榜合肥之姪經畬中式豐潤無人館師下第
十一日晴
復九弟書得八弟書
十二日晴
寄朱子涵書
十三日晴
子涵寄伊墨卿畫錢竹汀隸書聯並二扇鏡等件
十四日晴

靈樞經水云八尺之士皮肉在此外可度量循切而得之其死可解剖而視之其藏之堅脆府之大小穀之多少脈之長短血之清濁氣之多少十二經之多血少氣與其少血多氣與其皆多氣血與其皆少氣血皆有大數近日西醫治病頗有死後剖腹之事似彼法漢尚有之俞理初先生引華佗傳飲麻沸散斷腸破腹證之此剖治生人與經剖治死人極不同又疑死人多氣少氣不可視不知經乃承度量循切非承剖視也

十五日晴

作瀏師書初五日又生一女也

周禮秋官序官都則中士二人下士二人府一人史二人庶子四人徒八十人注都
則主都家之八則也當言每都如朝大夫及都司馬云俞理初以則
為虛字言國與都之朝大夫其人不同其職掌同也朝大夫如言山衡
林衡之類每國者如言大山大林麓之類都者如言中山小山之類按都
則之官已闕朝大夫職掌具存乃掌都家之國治日朝以聽國事
序官每國上士二人下士四人云云不得每都復設朝大夫也惟注文亦自
兩岐既言主都家之八則又言每都如朝大夫及都司馬疑上句乃舊注
鄭康成則云當言每都如朝大夫及都司馬俞即言當言每都之
注而演之總以都則已闕故言人人殊其實通經殊不爭此

十六日晴

寄八弟書並高麗蔘二斤

姚少監以武功三十首得名人稱姚武功在北宋不甚顯永嘉四靈始
奉以為宗摭要謂末流寫景於瑣屑寄情於偏僻由葦摹倣者滯於
一家趨而愈下不必追咎作始繼義次蘅按集中有與裴晉公詩又
有與白樂天李公垂詩其取友之端可想並與楊汝士輩唱酬是能不
阿附兩黨者其人宜可取其詩亦宜可傳矣任以為文昌之友黎岳
之師猶未盡也

十七日晴

十八日晴

十九日晴

永詩自都回

二十日晴

答永詩買舊墨十餘挺內有　元墨一丸奚萱道洋墨一笏

乃上品也

二十一日晴

二十二日晴

得陸世兄書月湖先生之子名慶甲慶頤泉字菴家貧求助

二十三日晴

仲彭回署

西洋鍊鐵為鋼於是論洋務者紛紛以剛為泰西獨得之秘李時珍本草謂剛分三種有生鐵夾熟鐵鍊成者有精鐵百鍊出剛者有西南海山中生成狀如紫石英者凡刀劍諸刃皆是剛鐵也余案說文鏤剛鐵也可以刻鏤又鑿剛也段氏謂剛乃劉之誤引刀部劉刃劍刃也刃下曰刀堅也為證不知堅鑿從臤得聲堅剛同意似以鑿剛為是鑿即作刃之剛鐵屬劃鑿刊鐵是其確證

二十四日晴。

小傳臚，狀元吳魯，榜眼文廷式，探花吳蔭培，傳臚蕭大猷，李

経畬二甲一名

二十五日晴

借再同明十行無注本覽之，閱月閒校之，錯誤不可枚舉，今日擇

其可取者摘出，以原書寄還，並作書復之

二十六日晴。

楊洛蓬雪滄壬午副榜劉麒祥戊子舉人均來見

二十七日晴

答劉康侯同一吊勘剛侍郎其眷屬回南也

二十八日晴

蔡孫自粵回得九弟及安姪書蘇福由都回得允言書

二十九日晴

望課以晉書禮志書後命題諸生均取一二節立論無能通閱三卷者或取錢氏攷異無能以宋書禮志對勘者蓋院中高才生惟楊雪廬天餘皆文士而非學人耳別有校勘記詳之

偶讀袁清容集其開平第一集以如兩中渡灤云云渡馬蹴亂石高下齧其蹄陟巘沮洳深漸覺所歷低彈琴峽云下有戰士

骨鳴咽水中鳴又五為比董風作散彼巖下情萬四集開平三度端陽云傳卑俯首不得語鄰牆簫聲雜鼍鼓极清容當元極盛之時身踐清華往來庖從諠其詩偶如勞者之歌而非愁人之語不足狀爨邁方今苦也楓臣昨來談及舊時行役有感循生聊作書之

五月初一日晴

復袁爽秋書

余愛沈石田書不可得則求其畫畫不可得則求其詩陳明卿瞿耕石兩本澗于均有之或校經微倦或讀史餘閑論茗焚香

一幅橫幅丈以辟睡魔祛暑氣偶記其畫松句云吹燈照影
蛟起舞直欲排空掉長尾沈書學山谷嘲谷書者輒云樹
梢挂死蛇余謂死蛇乃黄書之病舞蛟乃沈画之神實則
画即是書黄即是沈学黄沈者當作舞蛟勿作死蛇也

初二日晴亢熱

王楓臣来談

匏翁家藏集跋山谷書頗多今録之跋草書李白贈懷素長歌曰
山谷寫此歌所謂飄風驟雨落花飛雪等語雖自謂可也跋沈啟南
所藏墨蹟云山谷論書云凡書要拙多於巧近世少年作字如新

婦子粧梳百種點綴無非婦態觀此老杜二詩乃其所自作信哉其
為列婦也與歐陽公謂蘇子美論書而用筆不逮其所論者異
矣沈氏子孫宜世藏之跋陰長生三詩云陰長生此詩非山谷書之絕
沒于世然此卷卒為世所重者豈以其詩哉抑亦刑曹好藏古法
帖能識其妙歟又其先博士公時所藏又其家之故物云跋發
願文云啟南所藏黃書數種予嘗獲徧覽當以此卷為最
題李職方所藏草書云昔東坡見山谷草書從旁稱歎錢
穆父獨惜以為未見懷素真迹後山谷見自敘帖書法頓覺
大進不審此卷作時是嘗見耶抑或未見耶職方深於書者

藏。其必能辨之跋山谷草書云故太常卿崑山夏公所蓄蓋出煨燼中故其下並缺一字今大理寺副德聲以為先世物手補完之與真迹無異自是為夏氏後人者尤宜寶藏不特為古法書矣跋所書南山懶殘和尚歌云山谷好佛故書此歌亦甚著意然其平生固未嘗一筆率易也士跋均謂有得於黃故其語極中肯綮其時長學蘇沈學黃均得神似顧況宗來文公說以宋四家蔡端明第一次蘇次黃次米而錢穆翁所云未嘗一筆率易尤為學黃第一要訣處觀此可由蘇黃上溯可得要訣之合善學者必尊守一家為依附傍之人之見必不能成一氣

也

初三日晴熱甚

午後劉獻夫來得八弟書

啟南有詠錢五首頗足砭世如云有堪使畏原非謬無任呼兄亦不來則由肖炎涼之態昨日賞文留短陌免教愚儒消空囊則賤摹酸醒之懷結云祇除義士并廉吏萬世頃刻不易關則看低多少世人矣其落花詩隨園極賞之非無佳句嫌其三十首只述一意耳

初四日晴

過晦若少談復九弟書夜間思有所營右手忽微傷作痛
余最愛陳壽志晦若云其亡友林主事國賛有續裴注一卷攷證
極審其兄國賡亦深於史學陳蘭甫謂之二林
襄廷由都歸言今科本以文廷式為狀元因策仿宣公而誤以闈
闈作閑面抑置第二云
初五日晴是日夏至復八弟書
午節無事手微痠仍校晉志以續漢志通典證之所得益多記
管子輕重已篇言迎氣五郊與月令合決為本書之一節為淺人
割裂篇數其出郊里數有四十六里九十二里一百三十八里之遠余以

于艸堂石影

擬劉芳傳正之矣續漢志云永平中以禮讖及月令有五郊迎氣服色因采元始故事兆五郊于雒陽注引月令章句東郊八里南郊七里中兆五里西郊九里北郊六里斯爲確據復以皇覽佐之管子之義大明矣

初六日晴

晦若來談許豫生來知陳叔毅朝考一等寄伯潛書

典略云琳作諸書及檄草成呈太祖太祖先苦頭風是日疾發卧讀琳所作翕然而起曰此愈我疾數加厚賜今人以三國演義故事稱爲檄讀孔璋爲袁紹檄豫州之作傳至檄所因愈頭

風可笑之至

初七日晴

合肥至海口驗平遠船薄莫即歸乘鐵車返天津巳初急雨一陣而海口則未初急雨一陣讀坡公浙西飛雨過江來之句真能測天者

劉先主以英雄見忌於操武侯亦稱其延攬英雄頗在徐州如陳元龍父子先主極為周旋而在先主作牧時未聞其為先主畫一長策也呂布取徐陳登乃為操作間豈其時操奸未露故耶夫韓嵩之說劉表張昭之勸孫權亦時以操為漢相

原有此一種迂儒謬論亦何足責元龍文武膽志實為克己所推乃亦聞陳以時蔣韓葛張諸之徒耳何足道也難以比也吾見元龍亦止能以下牀臥之安得臥百尺樓耶

初八日晴

得允言復書諸并田也念弟妹遠宦一身浮寄殊隱無聊甚呼酒之意薄飲不醉 是日寄諸卿暘氏函書並以廿元寄陸世兄湛母千金人生快意事余半生落拓於師友每先施未能酬真可愧也

初九日晴

合肥之弟稚荃先生歿于蕪湖

初十日晴

韋招傳注于秀字成叔首紳冀州記王愷今都官誣奏秀夜在道中載高平國守士田興妻秀即表許被誣陷之由論愷織行文辭尤偶儷翩翩雖多隱明秀衣田是兩楨擽秀秀雖誣可也及胥不可也君子處讒謗之際當知所處矣

十一日雨

伯平自大同來寓六吉店往候之晤談片時

十二日晴

得八弟書

十三日晴

借集賢書院与伯平小飲曾未至戌甚樂

十四日晴

摘三國志注證欲撰水經注笺

讀蜀志劉彭廖李劉魏楊傳感慨係之以昭烈為主諸葛為相而所誅戮尚如此耶封之不救荊州之敗之違錯章著固當罪矣彭廖特自言語劉威碩与楊威公僅同与魏文長不和時欲倚文長不得不廢威碩耳今之魏之崔季珪輩吳之張惠恕輩居于屬世

惟有明哲保身而已

十五日晴甚涼爽

得吳慎生書

蜀書杜周等傳讚之極有味如杜微之稱聾不出與譙周之勸降雖亦致不同然國強時多一隱逸何損國弱時即文人不爲貳臣而皆爲隱逸亦何益哉非蓋深服蜀之無才以正於此居德邵蕭之義也孟光來敏曉之讜作以爭經義在周秦之世正合來之高閑如李欽仲之好技藝算術弓弩器械加以半不肯流覽究載建弩皆是參領其制度何以亦同諸人合傳曰立國在道不

在藐在人不在器也不求將相之大才而徒恃工匠之小智亦何益以立國哉君子亦務其大者遠者耳觀其敗盡光對郤之語曰今天下未定智意爲先知畢視小儒目光如炬也

十六日晴

朱久香來談

李勝爲魏明帝禁錮曹爽用之司馬懿以不悅遂坐爽黨以死承祚無傳裴世期以魏略注之略見生平按水經濟水注魏正始三年歲在甲子被癸丑詔書割河南郡縣自鞏關以東創建滎陽郡并戶二萬五千以南鄉筑陽亭侯李勝字公昭爲郡守

故原武曲漁農校尉段有遺惠民為立祠於城北五里號曰李君祠廟前有石駝之上有石的石的銘具存其略曰百族欣戴咸推願誠今猶祀禱焉與魏略所云未嘗不稱職合稍慰其受仲遣死後之張使青龔先弟無所願恚俱出朝陵相從族滅禍及當塗殘為不智並如罷之梭檜匪剛實亦非常情所能料年

十七日雨

寄趙菁衫書得九弟書知安圖須月抄始可抵桂林吉雲帆來

程魚門云同時學人以錢辛楣為第一文人以袁簡齋為第一迹時如

王蘭泉洪稚存均極〻推袁乃其後蒲褐山房及北江詩話大有

微詞何也觀此知南渡之不可信又覺目論之不可憑

十八日雨

合肥師云向來桑乾斷流其年雨水必多今年永定河斷流

至十餘日決不憂旱矣

孫夫人還吳一事余最不解參之法正傳權以妹妻先主妹才捷剛

猛有諸兄之風侍婢百餘人皆親執刀侍立先主每入衷心常

凜〻故武侯云近則懼孫夫人生變於肘腋之下蓋婦人從夫

何至有生變肘腋之理此殆諸葛之戲言決非夫人真為

紫髯再由關挾遁始致也注引漢晉春秋云先主入益州吳遣迎
孫夫人夫人欲將太子歸吳諸葛亮使趙雲勒兵斷江留太子乃
得止亦恐非實總之孫劉本屬強合先主入蜀夫人偶歸母家
而益州既得權則志在爭荊而不肯送妹先主目覩漢中不得不
讓三郡外和內携即二不肯迎歸而孫夫人遂永衝離恨矣武侯
兼水君臣獨於三郡讓吳之日不能徵之感動備禮迎還外結
敵讐內正宮儀乃使法孝直入晉文子圉之言聽劉瑁之寡妻
為漢中之新后無故而違禮教王化之本禍莫大於孫夫人復還哉
不足固吳蜀之好而孫夫人不還實足杜吳蜀之嫌隙已伏矣先主

身後暨王和吳而於此事則疏謬之甚較之不救荊州爲尤失
焉

十九日陰

王西莊以周公瑾子允罪徙廬陵疑權欲專赤壁功而允或恃父
勳致有此謫乃臆說也孫周布衣昆弟之交以大帝於公瑾身
後無所用其猜忌況功臣之子酗淫自恣權之答詔必實指其
罪非無過見徙如虞仲翔比也世祿之家鮮克由禮豈能
子盡克宗雖日危業愛林況其子孫而爲勳爵者一昧
驕奢淫泆何以克承世澤耶西莊之論爲薄視勳臣者

勸余之論為仰承世賞者箴似各有當耳

二十日陰

答吉雲帆

湯伯述以其祖文端公七十五後手寫九經索題按三國志向朗傳年踰八十猶手自校書刊定謬誤齊書沈驎士傳年過八十耳目猶聰明乃手寫細書成三二千卷文端以丞相左遷請老而精力尚能如此誠人瑞也文端立朝大節不撓確然有守一因隱志郎之左遷再因林文忠公左遷其風骨可想矣為之作五絕句以志景仰

二十一日 雨

過晦若晦若喜蕹菜因誦何子貞先生食海菜詩有苦瓜香蕹終朝見就中最美金鯽魚肉以為美樂衆皆讀蕹如甕按集韵收入鍾部無反音也嵇含南方草木狀蕹葉如落葵而小性冷味甘南人編葦為筏作小孔浮於水上種子於水中則如萍根浮水面及長莖葉皆出於葦筏孔中隨水上下南方之奇蔬也冶葛有大毒以蕹汁滴其苗當時萎死世傳魏武能噉冶葛至一尺云先食此菜

二十二日 雨

自村翫以千字文與百家姓課學僮於是題致寧曰智永千文或有作千字文者楙笈其陋按舊唐書柳公權傳宣宗召升御殿御前作三紙一紙曰永禪師千字文得家法十一字則首字字非也

舊傳公權咸通初改少師又曰大中初改少師必有一誤咸通六年卒年八十八新書云咸通初乃以太子太保致仕卒年八十八無舊書則年不可攷矣

廿三日晴

王彌臣來談

閱先師倭文端公遺書 公傳

穆宗時上古帝王事迹及古今臣工奏議二帙 賜名啓心金鑑上卷
為帝王盛軌下卷為輔弼嘉謨 公掌院時定接見之章
讀講編檢分期以學問相切磋時開同文館上書爭之
以為與政循行然至今同文館有何程致 公之見偉矣
余謁 公僅聞數語、然藹然可親循循善誘覘其德
養之深及會試獲雋則 公已疾亟旋騎箕尾所作
為學大旨尊主程朱余半生所學殊無可儕附師門
者然無論漢宋要以立身行己為先此則服膺弗

失者耳緣觀時局春念者成信乎生有自來者也

廿四日陰

吳慎生寄有羅念菴書一卷子屬題其文曰書曰必有容德乃大必有忍乃濟君子立心未有不成於容忍而敗於不容忍者也容則能恕人忍則能耐事一毫之怫有勃然而怒一事之違即憤然而發是無涵養之力薄福之人也是故大丈夫當容人而不可為人容當制欲而不可為欲制觀婁師德而吉之為人則氣自平而理自明矣 稠人廣坐之中不可極口議論逞己之長非惟惹禍抑亦傷人惟有簡言語和顏色隨問即答庶幾

可耳羅洪先書於澹泊甯静扆前題國宝二大字宝不作寶乃
明世廟書並有題云朕觀羅洪先字真有仙筆氣力其語
言談論以忠厚為心卿等當珍坐右雖二一狀元丢去墓道訪
仙朕切念之付翰林官秦鳴雷諭答宦欽遵嘉靖二十三年
菊月既望午時書于端明殿署時不署日可異後有方沃園王幼華
兩先生跋沃園跋云往在處州學官見先生四箴碑乃正書
清勁之氣奪人心神未多見其行草今觀此卷如飛仙散
聖神游八表洵如明世宗所云有仙筆氣力至世廟御翰後
未曾見今日何幸獲觀二寶若遇合之奇歲月之符則南宮

之得蘇才翁家禊帖相与彷彿信神物之殊異土默有司存
宜梁汾之孫貽也康熙十二年歲在癸丑菊月既望龍眠方亨
咸同毛行九志碁見于嵩齡觀于東流舟中幼華跋之文恭先
生書法鼎鄉見於維揚江氏家鑰因磊落玩之竟日不忍去今觀
斯卷如對故人晗崔瑗所謂纖微要妙效迸生奇者矣容
忍之說与秋風慶雲之喻互相發明真千古格言余得從梁
汾先生處觀之晴窗花發清秘滿目可稱幸甚遇之奇也丁丑
三月邵陽王文正識羅念庵以嘉靖十八年召拜左春坊左贊善
踰年至京上常不御朝十二月先生与唐順之趙時春請以來歲

元日皇太子御文華殿受百官朝賀上曰朕方二歲遂欲儲貳臨朝廷必君父不能起也皆黜爲民三十七年嚴嵩起唐順之爲兵部主事次及先生先生以畢志林壑報之四十二年卒以上撮明儒學案明史則云隆慶和年卒二十三年據先生罷官已四年世宗旣深責歎何無起用之誰此說旣播則時相必相牽論薦又何待十四年後分宜始敗始首荊川並起哉疑不能決遂以是卷錄之不敢率遺也

廿五日晴

廿六日晴

寄安姪書

廿七日晴

得袁奐狀書言曹瞞累勝而士不附劉豫州累敗而士附余謂不然如袁渙為豫州所舉茂才雖不為呂布罵先主然布敗歸曹不隨先主也裴潛避亂荊州劉表待以賓禮潛以劉牧非霸王之才遂南適長沙參丞相軍事論先主居中國能亂人而不能為治如元龍父子先主與之周旋而元龍遂為曹守廣陵郡入蜀以後如許文休劉子初亦皆心向曹公特無路自拔勉為蜀用耳所以然者操以漢相之重挾累勝之威攀鱗附翼者爭欲藉以成名其勢易集先主崎嶇奔敗妻子不能顧何能養士士之與相

周旋者不過孫乾糜竺下材為鄴下之所不屑用者焉能向
瑰異之材哉卑而謀壽未躋武鄉感激以收士心業附名
益德不能撫荊土而定中原者實以徐州作牧無尺寸屋力
皆困流離積年天下事已定而先主亦老矣此豈非天哉

廿八日陰

寄八弟及柳質卿書高陽以賈之痛謁甚作戚候之
黃權降魏已非節士然未嘗為吳謀蜀也潘濬則異矣備領
荊州以濬為治中從事入蜀典留州事及權并荊土拜濬輔
軍中郎將授以兵注稱濬始涕泣交橫繼則下地拜謝愈形

矯僞及樊伷誘導諸夷圖以武陵屬蜀權若問濬之答以五千兵往足可擒伷濬不得已而失身於吳即不能自拔踈蜀亡亦必然孟達之反復失據但伷心乎救主似濬不當援任肘兵親加刃於舊國效忠方合於義乃爲俗儒覩一節之說快意騁才結新背故誠恰人也昔魯肅薦龐士元謂處治中別駕之任始當展其驥足濬爲先主治中不爲不遇豈系人國士之別乎漢壽守荊之日初不聞其稍出一謀而入吳以後乃卓有樹立負蜀多矣承祚謂其公清割斷與陸敬風皆有大丈夫格夫再離稱身何足道哉

二十九日雨

閱山東汶泗均溢

三十日晴

以溥彼韓城燕師所完解課士案國朝諸儒從王說者頗尋
林江艮庭王朱右曾詩地理徵陳奐毛詩疏而益堅以燕為南
燕者則馬瑞辰俞正燮也胡墨莊從鄭燕安之訓而未申
其義李黼平以為韓近豳穫均在今之榆林塞外說甚辯
而無根據余反復諸說而後知集傳之精也韓自是應韓之
韓燕自是北燕特朱子因崧高疏引王肅云召公為司空主繕

洽遂云召康公亦為司空則非是今特攷之周之命侯伯時遣召公左氏僖四年傳管仲曰昔召康公命我先君大公曰五侯九伯汝實征之以夾輔周室賜我先君履東至于海西至于河南至于穆陵北至于無棣天子有二伯政之時必命韓以北方諸侯之伯故亦召公往而城之及厲王之世二伯失職宣之中興以南征北伐為二大功征伐既定以申伯為南方諸侯伯以韓侯為北方諸侯伯又皆命召虎所可知崧高韓奕二詩皆吉甫所作其文實可互證偶爰召伯為蓋師而諸儒聚訟紛紛何關論世可笑也因申而以崧高發端因韓而以梁山發端彼曰王錫申伯四牡蹻蹻鉤膺濯濯此曰王錫韓侯淑

旂綏章簟茀錯衡乎衮赤舄鏤鍚鞹鞃淺幭鞗革金厄則
錫命同也彼曰南國此曰北國則私属同也娶妻止是當日實事故
並敘之其曰為韓姞相攸莫如韓樂亦即崧高所云我圖尒居
莫如南土耳申伯信邁王餞于郿韓侯出祖出宿于屠顯父餞之
之清酒百壺顯父亦王所命非有厚薄也故彼曰王命召伯徹
執其功即此之燕師是完同是謝人即与同時百蠻一例王必以寔
歸城為韓城非也焉俞以南燕姞姓定燕為南燕則亦知前所
賦為娶妻後所賦為錫命不能公私涵為一事亦非也
宣王命二伯極盛之舉實是衰機申伯王舅韓侯所娶之珍

王之錫如詩所云韓侯纘祖考爲汝舊職而申侯則奪齊之伯以与之毛傳於仲山甫徂齊曰古者諸侯之居逼隘則王者遷城彼東方其邑而定其居蓋去薄姑而遷於臨菑此必因齊侯失職仲山甫亦有諫爭故命往城臨菑以慰勞齊侯所云袞職有闕維仲山甫補之殆非指諫料民一事耳及幽王之世幽固不道而創亂即是申侯使非牧伯安能連合繒西夷犬戎以攻幽王乎南伯既殁恃北伯以衛王室而東遷實依晉鄭韓無聞焉豈非方伯失人哉史記於宣王事寡之蓋不以詩人鋪陳之爲實迹也

卓哉

春秋時齊桓晉文爲侯伯齊乃復舊職晉之伯即韓之伯也
自晉已滅韓故即以韓之職畀之 鄭語史伯曰應韓不在其在晉乎韋昭謂不在應韓即
在晉是時韓乃爲侯伯而文伯乃晚在韓而詳考必韓侯之不才可知也
或疑黍苗之詩曰肅肅謝功召伯營之烈烈征師召伯成之何以不兼及
韓城答曰詩序不能膏潤天下卿士不能行召伯之職此詩必戍申之
後所作耳正可爲召伯稱師之證蓋師即征師也

光緒十六年六月朔日雨

蔡中郎薦邊讓於何進曰傳曰函牛之鼎以烹雞多汁則淡而不可食少汁則熬而不可熟孔融薦禰衡於曹操曰鷙鳥累百不如一鶚使薦者誠副其言胥為何進曹操用乎既不必咎進操當路中郎北海也士大夫往往有因是失身為權門鷹犬者不可不慎

史記晉世家以文侯之命為襄王命重耳索隱云太史公雖復弥縫左氏而系家顛亦時有疎謬裴氏集解亦引孔馬之注而都不言時代乖角何習迷而同醉也劉伯莊以為蓋天子命晉同此一





進豆閣長式箋

辭尤爲非也佩綸案魏默深書古微最喜與時賢辭駮此篇亦復遺之史遷之說不絕如縷矣孫淵如尚書今古文注疏據以新序證之詳其葆篇謂劉向亦今文家以爲文公之命孔安國今文說也文侯之命秦誓二篇乃春秋戰國之兆聖人前知存此以志周之興衰耳目當是文公非文侯也索隱辨於後趙乃鼓史公可爲妄人

余讀左傳最不喜和戎五利之說蓋述時意在畢鄭尚與諸葛公和吳伐魏相同若一意主和自以爲有五利而不知害伏萬端則又魏絳之所不及料耳

初二日雨

晚楊生洛鑒來叩其學文不甚主桐城而詩由西崑入手近宗山谷學杜之派以書院屢列前茅即易名易書無不脫穎何為鍼芥之契亦文字因緣也

邲之戰楚策晉曰從政者新未能行令其大病在此史記鄭世家所敘最妙曰晉聞楚之伐鄭發兵救鄭其來持兩端故遲比至河楚兵已去將率或欲渡或欲還卒渡河莊王聞還擊晉鄭反助楚大破晉軍於河上說盡晉軍情與此豈宜專罪先縠耶晉世家則云先縠以首計而敗晉軍河上恐誅乃奔翟與翟

謀伐晉〃覺乃族縠〃先軫子也而左氏微異並縠已在瞿而晉族之是縠得免矣恐不如左氏之確也左氏疏罪二字最妙特兩端之荀林父不殺則主戰之先縠不得不殺耳是為孤立無行者戒矣

初三日雨

菊耦生日素心蘭始放一花是日微醉

與合肥師論曾文正余以為讀文正集有三憾一粵匪功成未表揚胡文忠追贈爵位一李兆受化解兵權不正其罪何丹谿先生之罪一天津之案也

恭近於禮注恭不合禮非禮也以其能遠恥辱故曰近於禮也
按如注說則近於足恭矣泰伯篇曰恭而無禮則勞仲尼燕居曰
恭而不中禮謂之給勞近禮者以禮處己接人故能遠恥辱
若以不合禮為恭適招恥辱耳何能遠恥辱哉
初四日陰午後急雨一陣夜又雨
各河均溢永定北運河決矣
景武之世董仲舒治公羊春秋始推陰陽為儒者宗今就漢書
五行志所攬著錄之 本傳無
大傳 春秋桓公十四年八月壬申御廩災 仲舒以為先是四國共

伐魯大破之於龍門百姓傷者未瘳怨咎未復而君臣俱惰內怠政事外侮四鄰非能保守宗廟終其天年者也故天災御廩以戒之

嚴公二十年夏大災公羊傳曰大災疫也 仲舒以爲魯夫人淫於齊齊桓姊妹不嫁者七人國君民之父母夫婦生化之本本傷則末夭故天災所予也

釐公二十年五月乙巳西宮災 仲舒以爲釐娶於楚而齊媵之脅公使立以爲夫人西宮者小寢夫人之居也若曰妾何爲此宮誅去之意也以天災之故大之曰西宮也

宣公十六年夏成周宣榭火榭者所以藏樂器宣其名也 仲舒以為十五年王札子殺召伯毛伯天子不能誅天戒若曰不能行政令何以禮樂為而藏之 子政說同

成公三年二月甲子新宮災 仲舒以為成居喪亡哀戚心數興兵戰伐故天災其父廟示失子道不能奉宗廟也一曰宣殺君而立不當列於祖廟也

犀

襄公三十年五月甲午宋災 仲舒以為伯姬如宋十五年宋恭公卒伯姬幽居守節三十餘年又憂傷國家之患禍積陰生陽故火生災也





豐潤張氏澗

昭公九年夏四月陳火師古曰公羊經仲舒以為陳夏徵舒殺君楚嚴王託欲為陳討賊陳國闢門而待之至因滅陳陳臣子尤毒恨甚極陰生陽故致火災劉歆曰予按昭九年夏徵舒事且六十歲矣仲舒之言一何謬乎佩綸按公羊經莊王書入陳昭八年書滅陳以交楚嚴王下有挩字蓋言嚴王時入陳今託討賊滅之故陳臣子尤毒恨甚也廣川何至有此巨謬

昭公十八年五月壬午宋衛陳鄭災仲舒以為象王室將亂天下莫救故災四國言亡四方也又宋衛陳鄭之君皆荒淫於樂不恤國政與周室同行陽失節則火災出是以同日災也

定公二年五月雉門及兩觀災仲舒以為此皆奢僭過度者也先是季氏逐昭公昭公死于外定公即位既不能誅季氏又用其邪說淫於

女樂而退孔子天戒若曰去高顯而奢僭者一曰門闕歸令所從出也今舍大聖而從有罪亡以出號令矣 子政說同

哀公三年五月辛卯桓釐宮災 仲舒以爲此二宮不當立違禮者也哀公又以季氏之故不用孔子孔子在陳聞魯災曰其桓釐之宮乎以爲桓季氏之所出釐使季氏世卿者也 子政說同

哀公四年六月辛丑亳社災 仲舒以爲亡國之社所以爲戒也天戒若曰國將危亡不用戒矣春秋火災屢於定哀之間不用聖人而縱驕臣將以亡國不明甚也一曰天生孔子非爲定哀也蓋失禮不明火災應之自然象也 子政說同

武帝建元六年六月丁酉遼東高廟災四月壬子高園便殿火仲舒對曰春秋之道舉往以明來是故天下有物視春秋所舉與同比者精微眇以存其意通倫類以貫其理天地之變國家之事粲然皆見亡所疑矣按春秋魯定公哀公時季氏之惡已孰而孔子之聖方盛夫以盛聖而易孰惡季孫雖重魯君雖輕其勢可成也故定公二年五月兩觀災兩觀僭禮之物天災之者若曰僭禮之臣可以去已見罪徵而後告可去此天意也定公不知省至哀公三年五月桓宮釐宮災二者同事所為一也若曰燔貴而去不義云爾哀公未能見故四年六月

亳社災兩觀桓釐廟亳社四者皆不當立天皆燔其不當立者
以示魯欲其去亂臣而用聖人也季氏亡道久矣前是天不見災
者魯未有賢聖臣雖欲去季孫其力不能昭公是也至定哀迺
見之其時可也不時不見天之道也今高廟不當居遼東高園殿
不當居陵旁於禮亦不當立與魯所災同其不當立久矣至於陛下
時天迺災之者殆亦其時可也昔秦受亡周之敝而亡以化之漢
受亡秦之敝又亡以化之夫繼二敝之後承其下流兼受其猥難
治甚矣又多兄弟親戚骨肉之連驕揚奢侈恣睢者衆所謂
重難之時者也陛下正當大敝之後又遭重難之時甚可憂也

故天災若語陛下當今之世雖敝而重難非以太平至公不能治也視親戚貴屬在諸侯遠正最甚者忍而誅之如吾燔遼東高廟迺可視近臣在國中處旁仄及貴而不正者忍而誅之如吾燔高園殿迺可云爾在外而不正者雖貴如高廟猶災燔之況諸侯乎在內不正者雖貴如高園殿猶燔災之況大臣乎此天意也罪在外者天災外罪在內者天災內燔甚罪當重燔簡罪當輕承天意之道也

五行志先是淮南王安入朝始與帝舅太尉武安侯田蚡有逆言

其後膠西于王趙敬肅王常山憲王皆數犯法或至夷滅人

家蒸殺二千石而淮南衡山王遂謀反膠東江都王皆知其謀陰治兵弩欲以應之至元朔六年迺發覺而伏辜時田蚡已死不及誅上思仲舒前言使仲舒弟子呂步舒持斧鉞治淮南獄以春秋誼顓斷於外不請既還奏事上皆是之

佩綸案漢書武紀元光元年五月詔賢良於是董仲舒公孫宏出焉董仲舒傳中廢為中大夫先是遼東高廟長陵高園殿災仲舒居家推說其意屮槀未上主父偃候仲舒私見嫉之竊其書而奏焉上召視諸儒仲舒弟子呂步舒不知其師書

以爲大愚於是下仲舒吏當死詔赦之與以前異實在建元六年若元光元年始舉賢良則仲舒方下吏赦免之後豈能預選徵云竊案此云對亦迥殊宜通鑑移對策於建元初年也儒林傳步舒至相長史使以師言爲大愚則追思仲舒之言豈能復令決獄淮南王安傳上使宗正以符節治王未至安自刑殺亦不曾遣呂步舒也（以師言爲大愚者古本作呂步舒）錢氏攷異曰主父偃傳元光元年西入關而高廟高園殿災乃在建元六年其明年始改元光計其年月殊不相應此志所云悉是野史稗官矣

初五日雨

環署築防杵聲徹晝夜欉彭依檣濤聲到枕署右右人家均

在水中央所憂乃大

土傳 嚴公二十八年冬大水亡麥禾 仲舒以為夫人哀姜淫亂逆陰

氣故大水也 當入水災下班志以子政說亡麥禾為土氣不養遂列於此 其實非也

金傳 無

水傳 桓公元年秋大水 仲舒以為桓弒兄隱公民臣痛隱而

賤桓後宋督弒其君諸侯會將討之桓受宋賂而歸又背宋

諸侯由是伐魯仍交兵結仇伏尸流血百姓愈怨故十三年夏

復大水一曰夫人驕淫將弒君陰氣盛桓不寤卒弒死 子政說同

嚴公七年秋大水亡麥苗　仲舒以為嚴母文姜與兄齊襄公淫共殺桓公嚴釋文仇復取齊女未入先與之淫一年再出會於道逆亂臣下賤之之應也　子政說同

十一年秋大水　仲舒以為時魯宋比年為乘丘鄑之戰百姓愁怨陰氣盛故二國俱水

二十四年大水　仲舒以為夫人哀姜淫亂不婦陰氣盛也

宣公十年秋大水饑　仲舒以為時比伐邾取邑亦見報復兵讎連結百姓愁怨

成公五年秋大水　仲舒以為時成幼弱政在大夫前此一年再用

師明年復城鄆以彊私家仲孫蔑叔孫僑如顓會宋晉陰勝陽 子政說同

襄公二十四年秋大水 仲舒以為先是一年齊伐晉襄使大夫帥師救晉後又侵齊國小兵弱數敵彊大百姓愁怨陰氣盛

鼷傳 成公七年正月鼷鼠食郊牛角改卜牛又食其角 仲舒以為鼷鼠食郊牛皆養牲不謹也 此兼定公十五年哀公元年言之當附哀公而列此志之疏也

言傳 莊僖公二十一年夏大旱 仲舒以為齊桓既死諸侯從楚釐尤得楚心楚來獻捷釋宋之執外倚彊楚炕陽失眾又作南門勞民興役 子政說同 諸雩旱不雨略皆同說 此志之謬前水火亦有同說者何備載之董說遂不傳志倣亦自棄也



豐潤張氏澗

嚴公十七年冬多麋　劉向以為麋色青近青祥也麋之為言迷也蓋牝獸之淫者也是時嚴公將取齊之淫女其象先見天戒若曰勿取齊女淫而迷國嚴不寤遂取之夫人既入淫於二叔終皆誅死幾亡社稷仲舒指略同

視傳　桓公十五年春亡冰　仲舒以為象夫人不正陰失節也

成公元年二月無冰　仲舒以為方有宣公之喪君臣無悲哀之心而炕陽作丘甲

襄公二十八年春無冰　劉向以為先是公作三軍有侵陵用武之意於是鄰國不和伐其三鄙被兵十有餘年因之以饑饉百姓怨望臣下心離公

懼而馳緩不敢行誅罰楚有夷狄行公有從楚心不明善惡董仲舒指略同一曰水旱之災寒暑之變天下皆同故曰無冰天下異也桓公殺兄弑君外成宋亂与鄭易邑背畔周室成公時楚橫行中國王札子殺召伯毛伯晉敗天子之師于貿戎天子皆不能討襄公時天下諸侯之大夫皆執國權君不能制漸將日甚善惡不明誅罰不行周失之舒秦失之急故周衰亡寒歲秦滅亡奧年此一説公羊家之當是廣川説而子政從之者

僖公三十三年十二月隕霜不殺草　劉向以為今十月周十二月於易五為天位為君位九月陰氣至五通於天位其卦為剝剝落萬物始大殺矣明





豐潤張氏澗

陰從陽命臣受君令而後殺也今十月隕霜而不能殺草此君誅不行
舒緩之應也是時公子遂顓權三桓始世官天戒若曰自此以後將皆
為亂矣文公不寤其後遂殺子赤三家逐昭公董仲舒指略同

僖公三十三年十二月李梅實　仲舒以為李梅實臣下彊也記曰不
當華而華易大夫不當實而實易相室冬水王木相故象大臣

昭公二十五年夏有鸜鵒來巢　劉向以為有蜚有蜮不言來者
氣所生所為眚也鸜鵒言來者氣所致所謂祥也鸜鵒夷狄穴藏
之禽來至中國不穴而巢陰居陽位象季氏將逐昭公去宮室而居外野
也鸜鵒白羽旱之祥也穴居而好水黑色為主急之應也天戒若曰既

于艸堂石影

失衆不可急暴急暴陰將持節陽以逐尔去宮室而居外野矣昭不能而舉兵圍季氏爲季氏所敗出奔于齊遂死于外野董仲舒指說略同

聽傳 桓公八年十月雨雪 仲舒以爲象夫人專恣陰氣盛也

釐公十年冬大雨雪（公羊經雪作雹） 仲舒以爲公脅於齊桓公立妾爲夫人不敢進羣妾故專壹之象見於雹皆爲有所漸脅也行專壹之政云

昭公四年正月大雨雪 仲舒以爲季孫宿任政陰氣盛也

僖公五年秋大雩 劉向以爲介郰之辟廣言不從是歲公獲二國之聘取鄫易邑興役起城諸雩略皆從仲舒說云

庚寅

六四

豐潤張氏澗

按下二節事跂之說，一與同仲舒，一異於仲舒。後文公八年十月螽，時公伐邾取須朐城郚。宣公六年八月螽，劉向以為先是時宣伐莒向，後比與如齊謀伐萊。十三年秋螽，公孫歸父會齊伐莒。十五年秋螽，宣亡熟歲，數有軍旅。襄七年八月螽，劉向以為先是襄興師救陳，滕子、郯子、小邾子皆來朝，夏城費。哀公十二年十二月螽，是時哀用田賦，劉向以為春用田賦，冬而螽。十三年九月螽、十二月螽，比三螽，虐取於民之效也。其說皆本於廣川可知。

嚴公二十九年有蜚，劉向以為蜚色青，近青眚也，非中國所有，南越盛暑，男女同川澤，淫風所生，為蟲臭惡。是時嚴公取齊淫女為夫人，既入，淫於兩叔，故蜚至。天戒若曰：今誅絕之，尚及不將生臭惡。於四方，嚴不寤，其後夫人與兩叔作亂，二嗣以殺，卒皆被辜。仲舒指略同。疑東越之也，妙非廣川指。

釐十五年八月螽 劉向以為先是釐有鹹之會後城緣陵是歲
復以兵車為牡邱會使公孫敖帥師及諸侯大夫救徐兵比三年
在外 此下無仲舒指略同當與後廣川說
文公三年秋雨螽于宋 仲舒以為宋三世內取大夫專恣殺生不中故螽
先死而至
宣公十五年冬蝝生 仲舒以為蝝螟始生也一曰螟始生是時民患上力役
解於公田宣是時初稅畝稅畝就民田畝擇美者稅其什一亂先王
制而為貪利故應是而蝝生 子政說同 志有屬羸蟲之孼句乃子政引廣川以釋洪範五行耳
思心傳 釐公十五年九月己卯晦震夷伯之廟 仲舒以為夷伯季氏

之孚也隋臣不當有廟〻震者雷也晦暝雷擊其廟明當絕去僭差
〻〻類也
隱公五年秋螟　仲舒以為時公觀漁于棠貪利之應也　子政說同
嚴公六年秋螟　仲舒以為先是衛侯朔出奔齊〻侯會諸侯納朔
許諸侯賂齊人賕衛寶魯受之貪利應也　子政說同
宣公三年郊牛之口傷改卜牛〻死　劉向以為近牛禍也是時宣公与公子
遂謀共殺子赤而立又以喪娶區霿昏亂〻成於口幸有季文子得
免於禍天猶惡之生則不饗其祀死則災燔其廟董仲舒指略同
案區霿牛禍之說子政所據殆本廣川公羊師說以釋五行傳

于州堂石影

文公九年九月癸酉地震劉向以為先是時齊桓晉文魯釐二伯賢君新沒周襄王失道楚穆王殺父諸侯皆不肖權傾於下天戒若曰臣下彊盛者將動為害後宋魯晉莒鄭陳齊皆殺君諸震略皆從仲舒說也

襄公十六年五月甲子地震向以為先是雞澤之會諸侯盟大夫又盟是歲三月諸侯為溴梁之會而大夫獨相與盟五月地震矣其後崔氏專齊欒盈亂晉良霄傾鄭閽殺吳子燕逐其君楚滅陳蔡

昭公十九年五月己卯地震劉向以為是時季氏將有逐君之變其後宋三臣曹會皆以地叛蔡莒逐其君吳敗中國殺二君二十三年八月乙未地震劉向以為是時周景王崩劉單立王子猛尹氏立子朝其後季氏逐昭公黑肱叛鄭邾吳殺其君僚宋五大夫晉二大夫皆以地叛哀公三年四月甲午地震劉向以為是時諸侯皆伐

庚寅

六六

邪臣莫能用仲尼道殺蔡侯齊陳乞弑君皆從廣川說也

釐公十四年秋八月辛卯沙麓崩穀梁傳曰林屬於山曰麓沙其名也劉向以為臣下背叛散落不事上之象也先是齊桓行伯道會諸侯事周室管仲既死桓德日衰天戒若曰伯道將廢諸侯散落政逮大夫陪臣執命臣下不事上矣桓公不寤天子蔽晦及齊桓死天下散而從楚王札子殺二大夫晉敗天子之師莫能征討從是陵遲公羊以為沙麓河上邑也仲舒說略同因尚有一說主左氏殆向說非仲舒

成公五年夏梁山崩穀梁傳曰壅河三日不流晉君帥羣臣而哭之

迺流 劉向以為山陽君也水陰民也天戒若曰君道崩壞下亂百姓將失其所矣哭其後流喪亡象也梁山在晉地自晉始而及天下也後晉暴殺三卿厲公以弒澶梁之會天下大夫皆執國政其後孫甯出衛獻三家逐魯昭單尹亂王室 仲舒說略同

星極傳 隱公三年二月己巳日有食之穀梁傳曰言日不言朔食晦公羊傳曰食二日 仲舒以為其後戎執天子之使鄭獲魯隱滅戴衛魯宋咸殺君 子政說同

桓公三年七月壬辰朔日有食之既 仲舒以為前事已大後事將至者又大則既先是魯宋弒君魯又成宋亂易許田亡事天子之心

楚僭稱王後鄭拒王師射桓王又二君相篡 子政說同

十七年十月朔日有食之 仲舒以為言朔不言日惡魯桓且有夫人

之禍將不終日也

嚴公十八年三月日有食之 公羊傳日食晦 仲舒以為宿在東壁

魯象也後公子慶父叔牙果通於夫人以弒公

二十五年六月辛未朔日有食之 仲舒以為宿在畢主邊兵夷

狄象也後狄滅邢衛

二十六年十二月癸亥朔日有食之 仲舒以為宿在心心為明堂文武之

道廢中國不絕若綫之象也

三十年九月庚午朔日有食之　仲舒以為後魯二君弒夫人誅兩弟

死狄滅邢徐取舒晉殺世子楚滅弦　子政說同

僖公五年九月戊申朔日有食之　仲舒以為先是齊桓行伯江黃

自至南服彊楚其後不內自正而外執陳大夫則陳楚不附鄭伯逃

盟諸侯將不從桓政故天見戒其後晉滅虢楚圍許諸侯伐鄭

晉弒二君狄滅溫楚伐黃桓不能救　子政說同

十二年三月庚午朔日有食之　仲舒以為是時楚滅黃狄侵衛

鄭莒滅杞

十五年五月日有食之　仲舒以為後秦獲晉侯齊滅項楚敗徐

子晏林

文公元年二月癸亥日有食之　仲舒以為先是大夫始執國政公子遂如京師後楚世子商臣弑父齊公子商人弑君皆自立宋子哀出奔晉滅江楚滅六大夫公孫敖叔彭生並專會盟　子政說同

十五年六月辛丑朔日有食之　仲舒以為後宋齊莒晉鄭八年之間五君殺死楚滅舒蓼　子政說同

宣公八年七月甲子日有食之既　仲舒以為先是楚商臣弑父而立至于嚴王遂彊諸夏大國惟有齊晉齊晉新有篡弑之禍內皆未安故楚乘勢橫行八年之間六侵伐而一滅國伐陸渾戎觀

兵圍宋鄭又入鄭鄭伯肉袒謝罪於是敗晉師于邲流血色水圍宋九

月析骸而炊之　子政說同

十年四月丙辰日有食之　仲舒以為後陳夏徵舒弒其君楚滅蕭

晉滅二國王札子殺召伯毛伯　子政說同

十七年六月癸卯日有食之　仲舒以為後邾支解鄫子晉敗王師

于貿戎敗齊于鞌　子政說同

成公十六年六月丙寅朔日有食之　仲舒以為後晉敗楚鄭于鄢

陵執魯侯

十七年十二月丁巳朔日有食之　仲舒以為後楚滅舒庸晉弒

其君宋魚石因楚奪君邑莒滅鄫齊滅萊鄭伯弑死 子政說同

襄公十四年二月乙未朔日有食之 仲舒以為後衛大夫孫甯共逐獻公立孫剽 子政說同

十五年八月丁巳日有食之 仲舒以為先是晉為雞澤之會諸侯盟又大夫盟後為溴梁之會諸侯在而大夫獨相與盟君若綴斿不能舉手 子政說同

二十年十月丙辰朔日有食之 仲舒以為陳慶虎慶寅蔽君之明邾庶其有叛心後庶其以漆閭丘來奔陳殺二慶

二十一年九月庚戌朔日有食之 仲舒以為晉欒盈將犯君後入于

曲沃

十月庚辰朔日有食之　仲舒以為宿在軫角楚大國象也後楚

屈氏譖殺公子追舒齊慶封脅君亂國

二十三年二月癸酉朔日有食之　仲舒以為後衛侯入陳儀甯喜

弒其君剽

二十四年七月甲子朔日有食之既　八月癸巳朔日有食之　仲舒以為比

食又既象陽將絕夷狄主中國之象也後六君弒楚子果從諸侯

伐鄭滅舒鳩魯往朝之卑主中國伐吳討慶封

二十七年十二月乙亥朔日有食之　仲舒以為禮義將大滅絕之象也

時吳子好勇使刑人守門蔡侯通於世子之妻莒不早立嗣後闇弑吳

子世子般弑其父莒人亦弑君而庶子爭

劉向以為自二十年至此歲八年間日食七作禍亂將重起故天仍見

戒也後齊崔杼弑君宋殺世子北燕伯出奔鄭大夫自外入而篡

位指略如董仲舒

昭公七年四月甲辰朔日有食之　仲舒以為先是楚靈王弑君而立

會諸侯執徐子滅賴後陳公子招殺世子楚因而滅之又滅蔡後靈

王亦弑死子政說同

十七年六月甲戌朔日有食之　仲舒以為時宿在畢晉國象也晉厲

公誅四大夫失眾心以弑死後莫敢復責大夫六卿遂相與比周專晉國

君還奉之日也再食其事在春秋後故不載於經

二十一年七月壬午朔日有食之　仲舒以為周景王老劉子單子專

權蔡侯朱驕君臣不說之象也後蔡侯朱果出奔劉子單子立

王猛

二十二年十二月癸酉朔日有食之　仲舒以為宿在心天子之象也後

尹氏立王子朝天王居于狄泉

二十四年五月乙未朔日有食之　仲舒以為宿在胃魯象也後

昭公為季氏所逐

按向以為自十五年至此歲十年閒天戒七見人君猶不寤後楚殺戎

蠻子晉滅陸渾戎盜殺衛侯兄蔡莒之君出奔吳滅巢公子

庚寅

先殺之像宋三臣以邑叛其君宋如仲舒

三十一年十二月辛亥朔日有食之　仲舒以爲宿在心天子象也時京師微弱後諸侯果相率而城周宋中幾亡尊天子之心而不衰城

定公五年三月辛亥朔日有食之　仲舒以爲後鄭滅許魯陽虎作亂竊寶玉大弓季桓子退仲尼宋三臣以邑叛　子政說同

十二年十一月丙寅朔日有食之　仲舒以爲後晉三大夫以邑叛薛弑其君楚滅頓胡越敗吳衛逐世子

十五年八月庚辰朔日有食之　仲舒以爲宿在柳周室大壞夷狄主諸夏之象也明年中國諸侯果累累從楚而圍蔡蔡恐遷于州

來晉人執戎蠻子歸于楚京師楚也

嚴公七年四月辛卯夜恒星不見夜中星隕如雨　仲舒以為常星二十八宿者人君之象也眾星萬民之類也列宿不見象諸侯微也眾星隕墜民失其所也夜中者為中國也不及地而復象齊桓起而救存之也鄉亡桓公星遂至地中國其良絕矣

按仲舒下有劉向二字而此節下又有劉向以為夜中云云或子政一說同董而又自創一說或前劉向二字為羨文

文公十四年七月有星孛入于北斗　仲舒以為孛者惡氣之所生也謂之孛者言其孛孛有所妨蔽闇亂不明之貌也北斗大國象後齊宋魯莒晉皆弒君

昭公十七年冬有星孛于大辰 仲舒以為大辰心也心為明堂天子之象後王室大亂三王分爭此其效也

哀公十三年冬十一月有星孛于東方 仲舒以為不言宿名者不加宿也以辰乘日而出亂氣蔽君明也明年春秋事終一日周之十一月夏九月日在氐出東方者軫角亢也軫楚角亢陳鄭也或曰角亢大國象為齊晉也其後楚滅陳田氏篡齊六卿分晉此其效也 子政說同

僖公十六年正月戊申朔隕石于宋五是月六鷁退飛過宋都

仲舒以為象宋襄公欲行伯道將自敗之戒也石陰類五陽數

自上而隕此金而陽行欲高反下也不与金同類色以白為主近白祥

也鷁水鳥六陰數退飛欲進反退也其色青青祥也屬於貌之不

恭天戒若曰德薄國小而持炕陽欲長諸侯与彊大爭必受其

害襄公不寤明年齊桓死伐齊喪執滕子圍曹為盂之會与

楚爭盟卒為所執後得反國不悔過自責復會諸侯伐鄭

与楚戰于泓軍敗身傷為諸侯笑　子政說同

按屬貌之不恭曰祥青祥皆子政說

右廣川公羊災異說共　條雖不免傅會存之足以畏天保

命世以言災異為陰陽家可云昧於古義耳

初六日小雨時作時止

西岸留浸口水退突象已成

春秋魯十二公僖稱賢君奚斯作頌列於三百篇並其人最為可鄙
齊強則親齊楚強則親楚晉強則親晉泮水篇所謂淮夷攸服
乃攘齊之功以為功居常與許復周公之宇亦齊桓反其侵地耳戎
狄是膺荊舒是懲即云追美周公而南與寧從政明指僖公言試
問召陵之會果僖公力乎非僖公力乎厥後假楚師以伐齊取穀左
為背德君子讀木瓜永好之篇而歎之魯之誣游實不如衛之國
報者為近實也

公羊僖八年秋七月禘于太廟用致夫人傳夫人何以不稱姜氏貶曷為
貶譏以妾為妻也其言以妾為妻奈何蓋脅于齊媵女之先至者
也二十年西宮災董仲舒以為釐娶於楚而齊媵之脅僖使立為夫人
故有此應十年大雨雹亦以為言何休注因素僖公曰桓得立三年陽
穀之會方有誓以妾為妻之據言四年召陵之伐楚六年楚人圍許諸
侯遂救許僖無役不從安得有遠聘楚女為嫡女之理公羊大師墨守
而不明時勢殊可惜也假使僖果廢楚女則楚必仇魯其以僖又寇乎楚心何也

初七日晴

朱祥來故里新居之日雨大墻圮

初八日晴

伯平來談時由保定回津即擬復任

葉夢得避暑錄話叔祖溫叟與子瞻議論每不相下元祐末子瞻守杭州公為轉運使浙西適大水子瞻銳於賑濟且以杭人樂其政陰欲厚之公每持之不下即親行部一皆閱實更為條畫上聞朝廷主公議觀此而知葉氏之為小人也夫蘇公賑濟七州四狀與抵潤州致林希論裁傷書草然仁人之言此豈欲陰行其德市惠沽名者而溫叟敢於如此是固危子瞻而困杭民可云陰狠矣公去官由湖入蘇目觀水災民生乏食而奏準之錢一百萬貫糴米平糶以代賑者設運

司格旨不行復為疏爭之夢得所云持之不下者即此事也雖溫公文核
抗於前夢得粉飾於後試問天下後世以蘇公為實乎以葉氏祖孫
為實乎寧天下之酷吏拘文牽義而入吾民為漢鍳者皆以聞
實之一說誤之也故遇有水旱偏災良有司急起振撫與其
慎重而後不如迅速而濫之之患多費國不以多費亡緩之之
患多斃民則以多斃死

初九日雨

作書上高陽師論水災

呂氏春秋不二篇孫臏楚人為齊臣作謀八十九篇權之數也梁伯子

云史漢皆以孫臏為齊人此當別有據余葉此孫武子即伍子胥之稿從也子胥之子在齊為王孫氏後遂聯之為孫史漢以臏為齊人高誘以為楚人原其始而言之

初十日雨

伯平來談

孟子弟子趙邠卿注弟子十五人樂正子公孫丑陳臻公都子充虞季孫子叔高子徐辟咸丘蒙陳代彭更萬章屋廬子桃應學於孟子者四人孟仲子告子滕更盆成括漢書人物表見五人則公孫丑萬章告子樂正子高子也 宋政和五年從祀孟子廟視趙注無盆成括有[illegible]人詳宋史禮志吳某孟子弟子考同趙注張九

說羣言於陲載孟子十七弟子稱之季孫子叔滕更盆成括而益以孟季子周霄陸蕤考之季孫子叔而謂告子高浩生不害為兩人而告子而列諸浩生不害焦氏正義引周廣業說謂季孫子叔盆成括均不必取

咸餘案呂氏春秋高（不在籍）誘注匡章孟子弟子也淮南氾論訓高誘注陳仲子齊人孟子弟子居於陵趙注匡章齊人也陳仲子一介之士窮不苟求者焦氏正義以誘注無所出不足取案呂氏春秋誘自序誘正孟子章句作淮南孝經解畢家有此書故復依先師舊訓輒乃為之解書覽解復依師訓則孟子章句亦依師訓也誘為盧侍中高弟其說正足補趙氏不及焦氏墨守一家未為

通論也

十日晴

得八弟書復之意甚感謂

焦氏孟子正義云漢儒徵引孟子者如荀卿韓嬰董仲舒劉向揚雄王充班固張衡鄭康成許慎何休等皆所為援取而說之漢文立孟子博士授受惜不可考河間獻王所得先秦舊本不詳得自何人東觀漢記言章帝以孟子賜黃香之能傳之讀之與否不可知劉陶復孟軻所以復者不傳惟後漢書程曾字秀升豫章南昌人作孟子章句建初三年舉孝廉在趙氏前

高誘自言已章句在趙氏後隋志漢有鄭康成孟子注劉熙
孟子注々鄭本傳不言著孟子劉亦在趙後余案毛傳引孟子韓詩
史記五帝紀引辟丹朱於南河之南及象欲殺舜趙氏以孟子長
於詩書本此而趙氏遺之何也

十二日晴

晴朗可恃斯民稍得小休矣是日 田太淑人忌日也
巧言篇君子屢盟亂是用長君子信盜亂是用暴盜言孔甘亂
是用餤毛傳盜逃也箋云盜謂小人也春秋傳賤者窮諸盜按略
盜字如申無宇所指之盜凡竊柄之權奸盜國之僭賊皆謂之盜

幽王之世如申侯在外皇父在內皆盜也詩人以屢盟自信盜並言深切著
明世之情盟為國用盜為臣者可以悟矣盟可尋亦可寒竊國者盜
其仁義竊之悚哉言乎由隨口讀書也

十三日晴

得八弟書以久不得余書相念之情溢於言表路途中寄書偶滯
耳並不覺離懷悵觸矣

中庸一篇宋儒由戴記取出列之於大學後論語前　國朝諸儒頗有
議之者按正義引鄭目錄云名曰中庸者以其記中和之為用也庸
用也孔子之孫子思伋作之以昭明聖祖之德此於別錄屬通論矣蓋

子受業子思之門人並立漢文時已立博士況子思親為聖孫下開
鄭以畢目應稽歷定附於曾論之後孟子之前以明道統中壘以來
官為子思之作殺大學之述於曾子更為明確觀康成所注尤能發
揮其明聖德之意篇中引詩說祖不一而足所論舜文武周皆尚書
百篇也鄭更於前知節引易曰君子積小以高大於三重節引易曰故
知鬼神之情狀與天地相似已明中庸用中即大易互中之蘊於祖述
堯舜憲章文武上律天時下襲水土注曰此以春秋之義說孔子之
德孔子曰吾志在春秋行在孝經二經固足以明之孔子所述堯舜之
道而制春秋而斷以文王武王之法度春秋傳曰君子曷為為春秋

撥亂世反諸正莫近諸春秋其諸君子樂道堯舜之道歟末不亦
樂乎堯舜之知君子也又曰是子也繼文王之體守文王之法度文王
之法無求而求故譏之也又曰王者孰謂謂文王也皆孔子兼包堯舜文
武之盛德而著之春秋以俟後聖者也律述也述天時謂編年四時
具也襲因也因水土謂記諸夏之異山川之異聖人制作其德配天
地如此唯丘始可以當焉又大經謂六藝而指春秋也大本孝經也其
言精切如此於孔子繼往開來之緒言之歷歷六經殊塗同歸萬世率
由有準較朱注說精微而不專指聖德者似更有見也
荀子非十二子篇略法先王而不知其統猶然而材劇志大聞見雜

博綜往舊造說謂之五行甚僻違而無類幽隱而無說閉約而無解案飾其辭而祗敬之曰此真先君子之言也子思唱之孟軻和之世俗之溝猶瞀儒嚾嚾然不知其所非也遂受而傳之以為仲尼子游為茲厚於後世是則子思孟軻之罪人也其肆意醜詆何損思孟不過欲自居於孔門嫡派不得不先毀雖孫[illegible]能據儒家之正統而炫耀於世耳試讀中庸一篇已與荀說相反也

十四日 晴

得吳清卿誼卿及陸世光書知已為陸養泉薦一館歲百

四十四金以五元為脩脯使從師讀可感之至

十五日晴

午後過伯平談

潛研堂文集禮記出於漢儒而後世尊之為經與易書詩春秋列而為五以其中多聖人之微言七十子之徒所述也沈休文云中庸表記坊記緇衣皆取子思子樂記取公孫尼子休文去古未遠其說當有所自宋儒以中庸出子思氏特表章之而不知表記坊記緇衣三篇亦子思氏之言也或謂緇衣公孫尼子作按釋文引劉瓛說按文選注引子思子曰民以君為心君以民為體又引子思子詩云昔吾有先正

其言明且清今其文皆在緇衣篇則休文之説信矣坊記一篇引春秋者三引論語者一春秋孔子所作不應孔子自引而論語乃孔子没後諸弟子所記録更非孔子所及見然則篇中云子言之子曰者即子思子之言未必皆仲尼之言也仲尼已往七十子之徒惟子思子猶得其傳漢志有子思二十三篇唐宋之世尚存七卷今已遺不可得獨此數篇附禮記以傳而其詞醇且簡與論語相表裏此固百世而下有志於聖賢之學者所宜講求而體驗者於子思之学出于曾子曾子書亦不傳而其十篇猶見於大戴記小戴記有曾子問一篇檀弓雜記祭義内則亦然大学諸篇俱列曾

子說曾子子思之微言所以不終墜者實賴漢儒會粹之力後之人詆諆漢儒摘其小失屏斥之得魚兔而忘荃蹏其亦弗思甚矣 潛研集

十六日晴

十七日晴 張筱颿有書來訊病在武昌

渠山由運河北上至德州適遇小輪遂單舸先發侵晨到津合肥留之午飯余與渠公七年不見矣交道無間可以為隙末凶終者戒晚渠山還吳楚公所後夜話至三鼓而寐

十八日晴

過樂山夜談

十九日晴晚大雨　見樂山之子元桐五歲矣　得高陽次書

夜與合肥招樂山飲正苦煩鬱急雨滌暑炎歊都解

雨僅在署左右纔七里之外竹林即無雨也

二十日晴　晨猶雨

樂山行跼跼者久之

二十一日晴

二十二日晴

得九弟書

二十三日晴夜雨

伯平來辭行胡雲楣來談復九弟書

晋書載記諸僭既多政歸姚萇軍為大營大營之歸自此

始也

二十四日晴

二十五日晴得安圃桂林第一書即附數行寄都下

往送伯平

二十六日晴

廿七日萬壽節

二十七日晴

管子有楊忱序常熟瞿氏校以序中大宋甲申定為孝宗隆興甲申案王荊公有楊忱墓誌忱字明叔官至朝奉郎行大理寺丞通判河中府事以嘉祐七年四月辛巳卒于河中年三十九嘉祐七年為壬寅上溯之慶歷二年為甲申明叔之父偕宋史有傳末云子忱慥均有雋才早卒明叔為丁文簡公度之婿文簡有管子要略五篇見玉海及宋史藝文志序為明叔所作無疑

高若訥字敏之本并州榆次人徙家衛州彊學善記自秦漢

以來諸傳記無不該通尤喜申韓管子之書頗明脉學因母病遂兼通醫書雖國醫皆屈伏按東都事略則謂若訥泥古方治病多不效脫脫修史殆采其表語耳如高敏之豈知有管子者亦不過遽泥古方而已事略亦云喜申韓管子

二十八日晴夜雷雨一陣

得廉生再同書又得吳慎生一緘寄宣威綏石窩桃

于晦若之弟穆若就伯平聘自都來託寄伯平一函

二十九日晴

吳正儀作事類賦人知之其好篆籀耽說文有字義者千八百

餘條撰說文互義三卷無知之者矣

三十日晴

寄八弟書

張文潛誨人作文以理為主

子美放廢寫於吳中韓維責以去離都下隔絕親交子美復書曰予於持國外兄弟也患難不相救又於未安寧之時欲以義相琢刻雖古人所不能受余嘗述此聞亦頗有勸余居都者讀子美書箴不入耳之談衆相勸勉大率以斯耳

七月初一日晴

魏書張彝傳時陳留公主寡居彝頗尚之主亦許之僕射高
肇亦望尚主主意不可肇怒譖彝因致停廢王肅傳詔肅
尚陳留長公主本劉昶子婦彭城公主也肇因殺橫彝亦鄙
甚魏制則無足恠也 肇後尚世宗姑高平公主

初二日陰有雨數陣

邵補堂来

自典午以来無終陽氏為望族北魏陽尼字景文免官曰吾昔未仕
不曾羨人今日失官與本何異可謂曠識妻高氏勃海人學識有
文籍孝文敕令入侍後宮幽居表啓悉其辭也尼作一字[illegible]成

高氏所作表程幽后紀但趙書已亡北史亦不載爾時閨房倡和之
樂惜乎不傳故余還鄉絶句中有一絶云昔日老去漁陽豈羨官
閨中與學侶擅文翰魏宮儀具和妻德便作班昭一例看今老矣思
此詩恐為今日讖兆也

初三日晴

復方銘山書銘山寄潮州扇夏布及食物來也

初四日晴

昨夜作寄安姪第二書又文報局寄桂林
北齊宋顯傳顯從祖弟繪少勤學多所博覽好撰述魏時

張緬晉書未入國繪依准裴松之注國志體注王隱及中興書又採中朝多士傳十卷姓系譜錄五十篇以諸家年歷不同多有紕繆乃刊正異同年譜錄未成河清五年並遭水漂失此晉書作注之始厄於水惜哉

初五日晴

昨得高陽書欲招余入都復以不能如約案後漢蘇不韋傳漢法免罷守令自非詔徵不得妄到京師思之甚有至理萬人如海一身藏究是卑官非世人也

初六日晴

家忌

初七日晴

復吳清卿兄弟書

初八日晴

得八弟書馬植軒觀察來時運糧至津復高嘯岑

初九日晴

連日擬琴生墓志心緒甚苦久之始成

初十日晴

買得唐文粹及文粹補遺略一繙閱

十一日晴夜大雨

敬信汪鳴鑾赴吉林察獄以水故繞道至津航海向例星使不拜客兩君以合肥重臣特修私覿之敬柳門後過余少談辭之不可余不之答也廿年交好脫略形骸耳

十二日雨午後始霽暑衣斂矣

寄渠山復書

十三日晴

十四日晴

十五日晴

作蘭軒館記

十六日晴

十七日晴

得高陽復書

十八日晴天復炎蒸

合肥集賢課以論語一貫解命題何呈兩本一貫無解說者均以說文達解為主引爾雅貫事也貫為也以中庸所以行之者一也子貢一言終身行之句忠恕於道此外是時文作法耳說文王董仲舒曰古之造文者三畫而連其中謂之王三

者天地人也而參通之者王也孔子曰一貫三為王論語之一貫即一貫三也故曰通天地人之謂儒 繁露王道通三篇可取之暢戴氏義

繁露王道通三篇古之造文者三畫而連其中謂之王三畫者天地與人也而連其中者通其道也取天地與人之中以為貫而參通之非王者孰能當是又云天王喜怒哀樂之數與清煖寒暑者其實一貫也

隋陽休之正月七日登高侍宴詩廣殿麗年輝上林起春色風生拂雕輦雲迴浮綺輿 御覽二十

陶詩乃休之所輯 長鄉今宜讀陶詩也

十九日晴夜雷雨

與蕭耦手談甚樂

二十日晴

西河謂漢唐業有以大學中庸并論孟為小儒者大為謝山所誚此真自造故實也

二十一日晴

新吾自都來得高陽書以六千金助直振

二十二日晴

以六千金交芸楣

二十三日晴

闓人小病復高陽書及振侗收條一帋

二十四日晴

買得邢子愿來禽館集廿九卷四庫提要謂其文近於濫詩和平雅秀骨幹未墜在別集存目中閱之文多應酬之作其雜俎内有墨談數則謂鄉人孟中丞嘗得一挺乃紫陽先生款又娟家尹將軍得元時一丸無款識絲絲趂髮理太樸中嵌金光爍而以方于魯墨專以色澤規橅取勝磨之有香氣無墨氣迺日方墨之價如金惜不一致于愿集也余欲令寫官錄一副本以遺

安函

二十五日晴伯行使日本竹篔使俄德

史通書志篇古之所志剖裁有何力而班漢定其流別編爲藝文志續漢已還祖述不暇愚謂凡撰志者宜除此篇必不能去當變其體近者宋孝王關東風俗傳亦有墳籍志其所録皆鄴下文儒之士讎校之司所列書名唯取當時撰者習茲楷則庶免譏嫌語曰雖有絲麻無棄菅蒯於宋生得之矣

余謂藝文志亦何可去自秦焚書以後漢除挾書之禁置寫書之官及成帝命陳農求遺書向歆奏七略爲西漢一大政使不志

之古籍、並無可攷矣志之病有二一在於七略外增入雄向諸書使是以意亂七略一在漏略如賈誼有左氏纂詁竟見儒林傳而志無之古文尚書之類言之亦不明了耳子元論史專務簡括近人補史藝文多從其說而於古書存亡及官庫校錄之迹一不留意亦何貴乎補志耶

全謝山有與杭堇浦論金史五帖移明史館六帖當另行摘移明史館及平楯先生論金元史者並錄

褚登善於永徽元年以抑買中書譯語人地名遣同州刺史四年復入中書寔其不足取重於高宗矣小節焉可不慎

二十六日晴

梁書文學傳昭伯父彤集衆家晉書注干寶晉紀為四十卷北史同

皆不傳矣

二十七日晴

梁書張緬傳尤明後漢及晉代衆家客有質執卷緬者隨問便對略無遺失抄後漢晉書衆家異同為後漢紀四十卷晉抄三十卷又蕭子雲傳以晉代竟無全書弱冠便留心撰著至年二十六書成表奏之詔付祕閣所著晉書一百一十卷子雲着晉史至二王列傳欲作論草隸法言不盡意遂不能成

畧指論飛白一勢而已其後羲之傳論乃太宗御撰殆欲遠与黃喬爭勝也

三十日晴

新吾行新吾收藏頗富往納頗多人亦謙雅九弟得看河渠秘笈書來嚴戒之

千字文相傳是周興嗣作梁書蕭子範傳南平王使作千字文其辭甚美王命記室蔡薳注釋之隋書經籍志千字文蕭子雲注日知錄已疑之矣周興嗣傳又云次韻王羲之書千字使興嗣為文是梁有兩千字文也

二十九日晴 閱卷三日畢明日又去

得八弟書

買東村集十卷提要存目國朝李呈祥撰呈祥字其旋一字吉津號木齋霑化人前明崇禎癸未進士改庶吉士入國朝官至詹事府少詹事是編詩文各五卷詩分十集曰郎中稾使程自刪木齋詩稿游中山草唐城草秋尋草南游詩紀行詩秋游詩東村詩集前各有小序查慎行序稱其與李攀龍王士禎前後鼎足今觀所作慎行非定評也按孫光祀少詹墓志順治辛卯詔求直言君具辨明滿漢一體疏其特疏劾之下法司具重讞以上

庚寅

九十

豐潤張氏澗

章廟惻然改謫從戍秉康手釋回提要略之疏矣初日作序前同其子

之請本非定論篡秦韓諸臣特一揭其序言殆未細觀其詩也

八月初一日晴

郭淮之妻王淩之妹也乃王淩之誅淮既不預後追妻乞宥終無

與仲達精忠之心史稱其方策精詳吾謂其不忠不義也假使

淮感武安明之朝之遇使當義軍猶爲曹爽王淩復仇

捷則誅司馬以安曹不則結伯約以助蜀乃甘心爲仲達屈

何竟雖年已垂暮志氣不振抑仲達真有牢籠之術耶

初二日晴

左足右手均以雷氣震盪云

初三日晴

四庫提要於宋人之詩編次最無序如呂元鈞淨德集乃列

於歐陽文忠之前鄭子穀聳壤集與周元公集乃不相次而文潞

公乃在范太史後何也

初四日陰

晚樊雲門至津送來香濤書及端溪研欽州砂壺

初五日陰有風作寒

雲門來午後周子玉觀察懋琦自□□至顧廷一適過談

初六日晴

留雲門午飯邀晦若陪之談至夜送之登舟

初七日晴

周子玉來午後答陸壽峯 新刻慕賓名恩長 棋局受四子

初八日晴

子晉來瑞方伯璋見過目恭邸寄賜一聯也午後答之

初九日晴

石林燕語今天下書以杭州為上蜀本次之福建最下福建本幾徧天下以其易成故也余謂豈唯書然今福建舉子幾徧天下皆

敢為大言居之不疑禍天下者必此類耳

初十日晴秋分

夜作管子地員跋證序王南陔先生紹蘭所著先生所著經說

伯寅司空刻之又嘗刻其說文段注訂補復刻是編過偶繁

凡序中亦不能迴護也

十一日晴

淨掃几塵焚香煮茗始有意治荊公詩荊公古詩似韓此不

待論其七律姬傳以為歐公學韓於七律不甚留意荊公留

意矣然亦未超殊妙所選止五首今特從七律入手以證姬

傳之說信否

石林詩話云荊公詩用法甚嚴尤精於對偶嘗云用漢人語嘗以漢人語對若參以異代語便不相類如一水護田將綠遶兩山排闥送青來護田排闥皆漢人語也此法惟公用之不覺拘窘

酬朱昌叔詩先云名譽子真矜谷口事功新息困壺頭後改作未愛京師傳谷口但知鄉里勝壺頭今鄉以原作爲第五首改作爲第一首沒半山推敲之苦心矣蓋於此可悟律詩推鍊之法其中有不必改者有必須累改而始佳者在改時消息之耳

十二日晴

文芸閣編修來見 廷式 乙卯廿姪梅若至交也合肥師稱其有志

趣午後答之不值

十三日晴

復八弟及宗戴之書復過梅若及芸閣談

十四日晴

廷一來午後陳仲勉叔毅徵宇來夜至錢橋下答之胥伯

潛書

十五日陰夜雨

作懷伯潛一律並與仲勉昆弟話舊亦成一詩

十六日陰雨午後展濟

與文芸閑談甚暢

十七日晴

十八日晴

十九日晴

二十日晴

二十一日晴

復孝達書

二十二日晴

二十三日晴　高陽之六公子燿瀛初三完姻作書賀之

二十四日晴

張樸居文來特降級調用奉委運奉天賑糧如蘭軒

師於今年八月一日下葬

二十五日晴

雨明送到閒中集及孝達少作各一卷

二十六日晴

二十七日晴



豐潤張氏澗

荅樸居遇雲舫

二十八日陰微雨

寄八弟書

二十九日陰

得安圃七月十九日書

三十日晴

寄九弟書

夜半得高陽書廣西思恩府劉恩濬捐銀六千河南陝州趙希曾捐銀三千助振高陽亦以一千足之

九月初一日晴

復高陽書款交振丙

初二日陰

寄伯潛書晚得其復電知病已愈仲勉等已跦矣

初三日雨

夜得都電允言生一子初三丑刻

初四日晴

出弔王雪舫嫂氏之喪

初五日晴

初六日晴

初七日晴

得崇戴之書八弟書胡雲楣來知睽民到津

初八日晴

睽民來午後答之

初九日晴

得何子峨書知方銇山下世爲之愴然子峨病未愈而生一子

初十日晴

雲楣來

十一日晴

十二日晴

孫茶孫自豐潤回晚得安姪電音

十三日陰

曝民来談

孔子世家魯亂孔子適齊為高昭子家臣欲以通乎景公

史記志疑景吏部曰欲通齊景不恥家臣孔子而如是乎

且據史說景公与晏嬰適魯既有秦繆之對而景公悦

矣何必自辱為家臣以求通也余謂梁氏取景說寔不善

讀史者孔子之齊为魯亂耳其为家臣以求通景公为納昭公計也先是景公雖有秦繆之明而異國小臣倉卒不能自通故藉高氏通之國高為天子二守齊之世卿為之家臣亦不足云辱且魯之無君而周室未定力不能討孔子世食魯祿請命方伯意在誅季復昭降志辱身正儒者事豈凡情所能測哉觀景公問政夫子對以君君臣臣父父子子此萬古不易之經亦即兼及魯昭之定孔傳以為指陳恒朱注以為兼繼嗣不定不知聖人之意實望景公之定魯也夫慶父之亂高子實來公羊傳魯人至今以為美談使景僭

桓動高承家法南陽之甲再興季園可誅似園可復此聖人尽

屈匡之指也後人不明此意妄為之神其亦未明聖人之意矣

十四日晴

同而楫梭驛氏永詩于後歟

十五日晴

得樂山書

十六日晴

海門野從龔師之子來 名学海 字實生 贈以四十元驛氏過話送帘

舫田都

十七日陰大風雨

永詩約悔若容氏賞菊

十八日晴

程蒲孫太史來見名秉釗蒲孫學問淵雅求見甚切也己卯舉人

本科庶常

十九日晴伯潛三月二十七日一書至今日始到奇甚

朝鮮吊問使侍郎續昌崇禮過津改海道以示體恤彼中請不由

仁川登岸並免郊迎意甚慢也得槃山書

二十日晴

買得石淙詩序意頗欣並夜復安姪書

二十日晴

派礮船入都迎叔母歸輯有王弢甫同年彥威原名禹堂以秋燈課詩圖索題郤之復電門一函云近寄成詩弢甫交滿海內亦不願流傳喋喋甚也

二十二日晴　閱課卷三百竣

二十三日陰

衛達三來談晚馬植卿於軒來贈華錫八所画洛神圖一幅畫不佳姑留之

二十四日晴

許竹篔前輩復充俄德使臣過此來齋中略談

二十五日晴

得安圃第六書

二十六日晴

答竹篔於舟中

二十七日陰雨大風漸寒

閱卷竣夜得梁山書

二十八日晴

以一聯挽銘山並幛寄潮 聯云終日力戰安知尺籍伍符罰重法明誰許馮唐閑處對 此亦重圍償以壺鐳瓶甑功謀疑淺可堪浙督筆端搖

復子峨書莪永詩來

二十九日晴

寄九弟書

蘭駢館日記　光緒庚寅

十月初一日晴

得樊雲門書並其詩集過晦若少坐作書閣再同疾

初二日晴

三兄暨姪孫允言奉叔母靈櫬葬初一已由陳家溝東發

辰初由輪車行午正至胥莊則舟尚未至也留茶孫在河

干候之而余先還陀料理葬事傳奠抵里

初三日晴

靈轄晨至胥莊河次午後抵里暫奉於舊居之廳中與

三兄及從孫夜話

初四日晴

晨赴至　各塋行禮，跌遂至珊瑝崇

初五日晴夜大風

與族人聚談今年歲事，甚歎陋例不肯報灾，族人近又失業

衛冬平歲之計，蓋不能備者十之五六也，為之惻然者久之

初六日陰微雨薄暮展霽

董佟々谷秦諸家均至，閻張家莊、張封翁如柏尚存，年九十八矣

于玠進士河南知縣孫其紳曾孫鳳翰詞舉人親見五代矣此

熙朝入瑞也

初七日晴

以銀六十兩散給六門極貧者長門族兄正佩縛二門族叔鳳翔本門族兄佩績六門族叔壁九門族叔文會十門族叔塡弟佩綵同之

借谷霖蒼先生家譜爲脩譜之式谷翔霖蒼十三世孫也

初八日晴

巳刻葬叔母董太淑人於東塋

初九日陰夜月色甚佳

備羊一豕一僞三兄率允言恭詣 始祖塋以次行禮余至六朋編

朋偯之適逍趁墟者雜遝於衢頗形豐盛

初十日陰

午刻由里至晉莊允言隨行三兄由里取道玉田以來

十一日晴

五鼓乘火輪車至唐沽允言過其婦翁蕭峯冊去余獨赴津

十二日晴

伯行出使日本過此略話

十三日晴

得伯平書伯行南旋檢舊藏山谷書數種玩之聊以悦目

姚際恒好古堂書畫記近世有名陝搨皆以宋本為佳並考古之家皆有驗法懷仁聖教序以首行晉字不斷為驗醴泉銘以光武光字補鑿痕為驗後來搨久補鑿痕湮矣坐位稿以鄃有州對四字清楚者為驗智永千文以後有翁方綱摹四字為驗後搨者無予初得智永千文一本周尚錫所藏周自記有此四字驗是宋搨以二十緡得之予後復得一本末又有李壽永壽明刊六字一行此則生平僅見

十四日晴

周子玉葉子晋均来

十五日晴

胡雪楣頤皋氏劉獻夫均来

十六日晴

九言留大沽来寄安圖第六書巢山書来

十七日晴晨赴徽嚴旋止

九言回都復高陽一箴過仲彭廨中小坐

十八日晴

九弟還楊順来寄細果桶午後至皋氏處閒話

十九日晴

合肥書蘭駢館榜懸之閣中適得汪秋史所藏蘭亭乃定武肥本有阮文達跋道光甲辰文達合肥有神龍本乃王秋坪所藏者覃溪先生書神龍蘭亭跋於後嘉慶辛酉兩美必合皆稧帖之佳者而南阮北翁聚於一合肥亦佳話也

蘭亭續考楊誠齋跋曾氏本予見元明跋山谷書云山谷謫黔泝峽舟中日日惟把玩石刻一本蓋此記也故末年書法超絕云予聞五更使早赴更有夜行人顧持此向予寄聲山谷余因趙子固說思由褚模山谷之源今見誠齋說則山谷之源

在王不在褚觀其推服鶴銘斷為逸少既不合蘭亭之徑矣

二十日晴

展觀蘭亭竟日論古齋蕭董滕以書畫來售略一披覽真偽雜糅而價目甚昂

復六弟九弟各一書

二十一日晴

茶孫來

二十二日晴

丹崖編修自籍來
庚午優貢丙子舉人庚辰翰林

二十三日晴
八弟書來十一月子刻生一女意甚悶悶當作書廣之
覃谿谷園集有於瞻雲寺後拓得石鏡溪字詩一首注云後有
紹聖元年七月辛亥同真淨禪師爇茗此石上南昌黃庭堅題
廿四字
二十四日晴
新吾自粵來
二十五日晴
作都書一二函先後得伯潛清卿書

二十六日陰連日霧氣瀰漫似晴似雨作雪不成

晦若生日來余齋遊觀以明季國初人卷頁及新舊蘭亭數種同玩極相悅也薄暮張子純來一見之客去後忽覺疲弱不支飯後嗽涕即枕後胃氣衝動起于腹中上振顱門下竄腰際五夜不能合目急起靜坐始稍斂攝終不得半晌眠也

二十七日晴

病延醫視之投以疏散之品不效合肥勸用金雞霜遂服之余自知之病伏已久而發之猛非中醫所能治也且之疫氣方熾傳留長智非速攻不可午後壯熱時作譫語困

甚得再同書知病有轉機尚未大愈有赭石脈誤

二十八日晴

仍服前藥午後斷倦入夜遺矢而熱斷退矣

二十九日晴陰不定

熱退病清

三十日晴

前數日開視家殷者晦若仲彭來詩而合肥每日必

請醫兩以正是外間客來恐煩乃移入内靜養

得安圃弟八書

夜夢編閱名人書畫得一幅波浪掀天一舟由上游急下作收帆之狀余於夢中吟其題句因人推余醒但記末二句笑因足成之醒後究不如夢語也

一葉扁舟一粟身風帆到處易迷津能從急浪灘頭轉便是清涼眼裏人

十月初一日晴

初二日晴陰相間

初三日陰

復安圃書

初四日陰

初五日陰

聞都中疫氣亦盛潘伯寅師病五日而卒子授文亦病亟也

子涵書來子清之子润官死軍械所總辦張佩孫亦感寒

中廠陰雨後

後聞淅者同官未死蓋子清之妾毛氏僞造一電紿子涵也子清有此悍妾貽累無窮 辛卯七月補記

初六日晴

晨至管廠小坐延永詩略話局北鶴巢書齋師帶

祁世長補工尚孫家鼐擢總憲徐郙轉吏右祁右則錢應

溥也

初七日晴 始薙髮
孫子授病中迴憶乙亥大考十六年耳人生真一夢也
初八日陰 再同來索看獻類徵取一部交鹽局寄之艸一覽不能詳也
皐民來談
初九日陰
病後強將課卷閱竣交院頗疲累也
初十日晴
偶閱庾子山集復八弟書
十一日陰冬至

勉力評兩君史論不能改也

十二日晴夜有風全無雪意

卟得禮部右侍郎稍慰遲暮之感

十三日晴

前假張從之房梁公碑顛從趙子函石墨鐫華云存六百餘字此則更漫漶矣然近日不易得也

十四日陰

黃建芼同戀侍約來半月中飯少睡早精神疲之異常

十五日晴

頭痛作一詩與碩暤氏謝其日本篆

十六日風晨細雨一陣

晦若貽余詩並索箋十番旋以日本矮箋相報復用前韻

酬之

十七日晴

奭秋寄補編詩八卷來

十八日晴

暤氏來談並和余詩過示詩少坐

十九日晴

麥信堅電來言醇邸病重

察哈爾都復至都統加公費三千兩副都統加六百兩均如

直督原請之數晨起作米山書並為伯定潤若

二十日晴

紫振邦由都回詢醇邸之病狀縣懾不省人事殊可憂也

二十一日晴

麥信堅電來二十日

上奉

慈聖至邸午正回宮是夜丑初醇邸薨





豐潤張氏澗

得王廉生書因作書致伯平

二十二日晴 曝民來談因作鶴巢書

日閱課卷十餘本頗甚論古目都 送蘭亭一本稱是定武

瘦本玩之乃止當之舊拓本耳索價至二百金矣又有一

冊乃軍谿先生目書蘭亭跋共七則廿八頁以二十金留之

二十三日陰

醇邸謚曰賢雙橋寫定稱曰皇帝本生考立之廟邸第

上編素十一日穿素於北海畫舫齋至邸攜素船掛黃轎至

適園易服赴亦如之 御前服以師傅會禮部稿也

得高陽廿日書又復鶴巢書
二十四日陰
課卷竣過永詩晦若夕談
二十五日晴
復高陽書
二十六日晴
閱苕谿漁隱叢話
二十七日晴夜大風
皞民來談

二十八日風。

花農來知子晉甚病嶽夫來長談午後有帖估攜聖教來

亦江右冊所搨乃慧秋谷所藏有鐵梅菴王暢夫二跋惜索

價過昂聖莛縢倫均補何以渤 崇字不橫洡字複添竟不明 當半日隸二

太平御覽一百九十三引郡國志幽州無終縣西平城即李廣射石

虎之處

二十九日晴

讀太白詩王琦注旭寫基上讀太白詩頗有悟入處惜隸而中輟由

來漢理校叢覽諸家評其誤判指摘者圖屬吹毛求疵

稱許看示病隔靴搔癢也語曰有酒學佛無酒學仙余學蘇不學其學佛處學李不學其學仙處自謂取逕稍異恒流未識世之能詩者許我否得棠山書壺雲帆來談請咨引見

十二月初一日晴夜大風如虎

復棠山書

初二日晴風未已

聞棠子晉病沒惻然作書唁安姪潘子靜來過晦若少談

初三日黃沙蔽天午後晴止飛雪數片而已

至紫竹林弔子晉殯而歸曝氏來談

初四日陰霾竟日

召陳工部澤霖來曾靖臣過話

初五日陰

午後聞子壽文於初四辰刻殁於鄂藩任所殊堪痛惜

夜函慰再同時方病也悲不能文挂星奔

初六日晴

寄晏圃書

初七日晴

午後過曝民約雪楣來談

初八日晴

得再同書乃初二日所發尚未知壽文之病也夜得鄂電知壽文自種梅感寒初三猶詣撫院初四詣首府有所商榷忽頭暈腹痛更衣後脫無所苦也

初九日晴大風

得九弟書作數語復之語極婉摯可作家誡得允襄夫婿寄贄答之

初十日晴午刻風少

寄再同書並幛無可慰藉勸其養疾而已

十一日晴

撿點書帙几案頓清欲稍理故業而未得暇也夜稍靜

閱太白詩數首

十二日晴

得雲舫書即復之

尒雅釋草眾秫郭注不解眾字邵郝兩家之釋秫累千百言而於眾字不一及余甚疑之尒雅所釋必經文有之而五經中無以眾為穀者偶讀斯干眾維魚矣實維豐年而恍然也傳曰陰陽和則魚眾多矣箋云魚者庶人之所以養也今人

衆相与捕魚則是歲熟相供養之祥也易中孚卦曰豚魚吉按如
傳箋所解意殊迂曲疑衆魚与旐旟對文衆當作衆秫之衆解
如衆秫之茂於水中之魚之多則年豐矣似直捷而明白也哉
魚乃穌字說文穌杷取禾若也所種之禾已可杷取禾若自是豐
年之兆亦通
十三日晴大風揚沙天日俱晦夜月色皎然
向以正五九不上官爲唐忌閱通鑑齊高洋將以仲夏受禪或
曰五月不可入官犯之終於其位宋景業曰王爲天子無復下期
豈得不終於其位乎胡身之注陰陽家之說上官忌正月五月

九月則由來久矣

十四日午後晝晦風霾竟夕

午後秉燭讀漢書一卷

十五日晴

碩儕氏來談

閱通鑑三五頁又檢鮚埼亭集揅經室集無所得

十六日晴

得都書附妾姪一緘

魏高堂隆傳評曰隆學業脩明志在匡君因變陳戒發於懇

誠悲矣哉及至必改正朔俾魏祖虞所謂意過其通者歟余

按隆於百役繁興累疏切諫可謂難矣而封禪之議創自蔣濟

隆撮撰其禮儀何也

十七日晴

寄王廉生書

漢書文紀貫斷獄數百幾致刑措烏虖仁哉及觀刑法志高后

元年除三族罪之妖言令時新垣平謀為逆復行三族之誅殆為

過刑訖漢世遂不能除宜史遷有文帝務刑名之語也復從

鼂錯之言令民入粟邊六百石爵上造稍增至四千石為五大夫

萬二千石為大庶長，漸令入粟郡縣，遂開賣官鬻爵之弊，流毒無
萬世，誰謂孝文賢主哉

十八日晴

十九日晴，午後陰

皋民昨來辭行入都，寄復柳門書，以潁州酒五大名東提酒及中
山杉子蘋婆與申橙橘柚海南香為文忠作生日內人藏陸
非平張正甫奇前後赤壁兩圖文三橋書賦相與展玩久之

二十日微雪

晦若來談穎谿如卅男臬胡蘄生得滑尹得八弟及戴之書

二十一日晴

王獬〻解館〻劉獻夫来談午後過晦若容民略談得樂山書

二十二日晴

作書辭集賢席明年思作汗漫游耳復載之書

二十三日陰

樂山遣其紀綱任慶及陸富來寄惠食物並呢狐馬褂西羊皮袍

簡答一件孝達有電論再因家事電再問並復孝公數語

二十四日陰夜雪

顧裕如來談云次棠前輩之弟子堅幼棠均殁家遭回祿殊可

慘也

夜復渠山書

二十五日雪猶未止

昨得高陽師書寄都中食物數種午後作牋答之並寄食物

數事猶餽歲之禮也

二十六日晴

歐夫芸楣來談伯平自大名至

二十七日晴

伯平來談茶話如歐夫芸楣

二十八日晴

伯平來談得再同復電

二十九日晴

答伯平晚會肥之表弟李子木觀察正業自山東工次來夜

晦若過談

三十日晴

容甫又是一年矣胡雲楣來

廉生書來以石淙序工承登善下開祐陵山谷實從此出積健

爲雄平翁覃谿謂曜不如稷實則稷不如曜余深以其言

為並採舊傳元超子曜亦以文學知名聖曆中修三教珠英官至正諫大夫新書曜聖曆中附會張易之官至正諫大夫宰相世系表西祖房曜字昇華給事中襲汾陰男溫公通鑑誤以薛紹尚太平公主者為曜子按表則紹乃瓘子胡注已正其誤矣通鑑紹母太宗女城陽公主胡身之注按會要城陽先降杜荷荷誅降薛瓘